沉默與喘息

沉默與喘息
——我所經歷的中國與文學

閻連科

香港城市大學出版社
City University of Hong Kong Press

剪紙：尚愛蘭

©2020 香港城市大學
2024年第二次印刷

國際統一書號：978-962-937-565-2

出版

　　　香港城市大學出版社
　　　香港九龍達之路
　　　香港城市大學
　　　網址：www.cityu.edu.hk/upress
　　　電郵：upress@cityu.edu.hk

©2020 City University of Hong Kong

Silence and Rest: My Experience with China and Chinese Literature
(in traditional Chinese characters)

First published 2020
Second printing 2024

ISBN: 978-962-937-565-2

Published by

　　　City University of Hong Kong Press
　　　Tat Chee Avenue
　　　Kowloon, Hong Kong
　　　Website: www.cityu.edu.hk/upress
　　　E-mail: upress@cityu.edu.hk

Printed in Hong Kong

目 錄

選集總序

憤恨於自己的寫作與人生

經常懷疑自己的寫作，就是一場尷尬的文學存在。

因為這尷尬是文學與人生中的「一場」，想既是一場，就必有結束或消失的時候。不怕消失，如同任何人都要面對死亡樣。然而結束卻遲遲不來，是這種尷尬無休無止——這才是最大的尷尬、驚恐和死亡。

香港城市大學出版社，願意出版這套包括我剛剛完成、也從未打算「給予他人審讀」的最新長篇小說《心經》在內的九冊「閻連科海外作品選集」（小說卷6冊、演說散文卷3冊），讓我感到他們朝殘行者伸去的一雙攙扶的手。可也讓我在恍惚中猛然驚醒到：「你已經有九本在你母語最多的人群被禁止或直接不予出版的書了嗎？！」這個數字使我驚愕與悵然。使我重新堅定地去說那句話：「被禁的並不等於是好書，一切都要回歸到文學的審美和思考上。」然而我也常呢呢喃喃想，在大陸數十年的當代文學中，一個作家一生的寫作，每本書都毫無爭議、出版順利，是不

是也是一個問題呢？我總以為，中國的開放，永遠是關着一扇窗，開着另外一扇窗；一切歷史的變動，都是在嘗試把哪扇窗子開的再大些，哪扇關的再小些。永遠的出版有問題，但如我這麼多地「被禁止」、「被爭論」，自然也是要駐足反省的寫作吧。

文學能不能超越歷史、現實和那兩扇誰關誰開，關多少、開多少，乃或都關、都開的窗子呢？

當然能。

也必須！

只是自己還沒有。或者你如何努力都沒達到。我並不願意人們用良知和道德去看待我的寫作和言說，一如魯迅倘使還活着，聽到我們說他是「戰士」、是「匕首」，會不會有一種無言之哀傷？「閻連科海外選集」自然是集合了我較為豐富寫作中的「某一類」。這一類，對「外」則是親近、單調的，對「內」則是尖銳卻無法閱讀體味的。但無論如何說，它也是一個作家的側影吧。面對這一側影的呈現和構塑，我異常感謝城大出版社每一位為這套叢書付出心血的人 —— 他們是真正懷有良知的人。而至於我，面對這套書，則更多是尷尬、憂傷和憤恨。

尷尬於自己寫作的尷尬之存在。

憂傷於這種尷尬何時才是一個結束期。

而憤恨，則是憤恨自己深知超越的可能與必然，卻是無論如何都沒有達到那處境界地；而且還如一個溺水的人，愈是掙扎想要超越水面游出來，卻愈要深深地沉溺墜下去。

　　憤恨於自己的寫作和人生，又無力超越或逃離，又不甘就這樣沉溺下去。這就是我今天的人生狀況和寫作狀況吧。除了哀，別無可言說了。

閻連科

2019 年 11 月 29 日於香港科技大學

附：本卷為 2014 年春，我應杜克大學教授、學者和我的譯者 Carlos Rojas 之邀，在美國杜克、哈佛、耶魯、史丹福等 12 所大學的系列演講，均根據記錄和錄音整理。

上天和生活選定
那個感受黑暗的人

　　從某個角度説，作家是為人和人類的記憶與感受而活着。因此，記憶與感受，使我們成了熱愛寫作的人。

　　也因此，當我站在這兒的時候，我想起了五十多年前的 1960 到 1962 年間，中國為了實現共產主義，而出現的所謂「三年自然災害」，大約餓死的人口有 3,000 多萬。就在那次舉世震驚的「人禍」後的一個黃昏，夕陽、秋風和我家那個在中國中部、偏窮而又寂寥的村莊，還有，因為戰爭而圍着村莊夯打起來的如城牆樣的寨牆。那時候，我只有幾歲，隨着母親去寨牆下面倒垃圾，母親拉着我的手，指着寨牆上呈着瓣狀的觀音土和散粒狀的黃土説：「孩子，你要記住，這種觀音土和榆樹皮，在人饑餓煎熬到快要死的時候，是可以吃的，而那種黃土和別的樹皮，人一吃就會更快的死掉。」

＊　本篇為 2014 年 10 月作者在捷克卡夫卡國際文學獎授獎活動中上的演講辭。

說完，母親回家燒飯去了。她走去的身影，如同隨風而去的一片枯葉。而我，站在那可以吃的黏土前，望着落日、村舍、田野和暮色，眼前慢慢走來巨大一片 —— 幕布般的黑暗。

　　從此，我成了一個最能感受黑暗的人。

　　從此，我過早的記住了一個詞匯：熬煎 —— 它的意思是，在黑暗中承受苦難的折磨。

　　那時候，每每因為饑餓，我拉着母親的手討要吃的時候，只要母親說出這兩個字來：熬煎。我就會看到眼前一片模糊的黑暗。

　　那時候，中國的春節，是所有兒童的盛日，而我的父親和許多父親一樣，每每看到我們兄弟姐妹，因為春節將至，而愈發歡笑的臉龐時，也會低語出這兩個字來：熬煎。而這時，我就會悄悄地離開父親，躲到無人的荒冷和內心模糊的黑暗裏，不再為春節將至而高興。

　　那時候，生存與活着，不是中國人的第一要事；而革命，才是唯一國家之大事。可在革命中，革命需要我的父親、母親都舉着紅旗，到街上高呼「毛主席萬歲！」時，我的父母和村人，大都會從革命中扭回頭來，無奈自語地念出這兩個字：熬煎。而我，當聽到這兩個字的時候，眼前必就會有一道黑幕的降臨，如同白日裏黑夜的到來。

於是，我也過早地懂得了黑暗，不僅是一種顏色，而且就是生活的本身。是中國人無可逃避的命運和承受命運的方法。之後，我當兵走了，離開了那一隅偏窮的村落，離開了生我養我的那塊土地，無論生活中發生怎樣的事情，我的眼前都會有一道黑幕的降臨。而我，就在那一道幕布的後邊，用承受黑暗，來對抗黑暗，如同用承受苦難的力量，來對抗人的苦難。

當然，今天的中國，已經不是昨天的中國，它變得富裕，並咄咄有力，因為解決了 13 億人口的溫飽與零用，便像一道突來的強光，閃耀在了世界的東方。可在這道強光之下，如同光線愈強，陰影愈濃；陰影愈濃，黑暗也隨之產生並深厚一樣，有人在這光芒裏感受溫暖、明亮和美好，有人因為天然的憂鬱、焦慮和不安，而感受到了光芒下的陰影、寒涼和霧纏絲繞的灰暗。

而我，是那個命定感受黑暗的人。於是，我看到了當代的中國，它蓬勃而又扭曲，發展而又變異，腐敗、荒謬，混亂、無序，每天、每天所發生的事情，都超出人類的常情與常理。人類用數千年建立起來的情感秩序、道德秩序和人的尊嚴的尺度，正在那闊大、古老的土地上，解體、崩潰和消散，一如法律的準繩，正淪為孩童遊戲中的跳繩和皮筋。今天，以一個作家的目光，去討論一個國家

的制度、權力、民主、自由、誠信和現實等，都顯得力不從心、捉襟見肘；然對於那個作家言，因為這些本無好轉，卻又不斷惡化、加劇的無數無數——人們最具體的飲、食、住、行和醫、育、生、老的新的生存困境，使得那裏芸芸眾生者的人心、情感、靈魂，在那個作家眼裏，從來沒有像今天這樣焦慮和不安，恐懼而興奮。他們等待着什麼，又懼怕着什麼，如同一個垂危的病人，對一劑虛幻良藥的期待，既渴望良藥的儘快到來，又擔心在它到來之後，虛幻期待的最後破滅，而隨之是死亡的降臨。這樣期待的不安和恐懼，構成了一個民族前所未有的焦慮心。這顆民族的焦慮心，在那個作家那兒，成了最為光明處的陰影；成了光明之下的一道巨大幕布的另一面——

沒有人告訴那個作家，國家那列高速發展的經濟列車，會把人們帶到哪兒去。

也沒人告訴那個作家，直至今天，百年來從未停止過的各種各樣的革命和運動，在每個人的頭頂，醞釀的是烏雲、驚雷、還是一片可能撕開烏雲的閃電。

更是沒人能夠告訴那個作家，當金錢與權力取代了共產主義、資本主義，民主、自由、法律和道德的理想之後，人心、人性、人的尊嚴，應該用怎樣的價格去兌換。

我記起了十餘年前，我反覆去過的那個愛滋病村。那個村莊一共有八百多口人，卻有二百餘口都是愛滋病患

者；而且在當年，他們大都是三十至四十五歲之間的勞動力。他們之所以大批的感染愛滋病，是因為想要在改革中致富，過上美好的生活而有組織的去集體賣血所致。在那個村莊，死亡像日落一樣，必然和必定，黑暗就像太陽從天空永遠消失了一樣，長久而永恆。而我在那兒的經歷，每當回憶起來，每當我在現實中看到刺眼的光芒和亮色，都會成為巨大的讓我無法逃離的陰影和黑暗，把我籠罩其中，無處逃遁。

我知道，在那一片廣袤而充滿混亂和生機的土地上，我是一個多餘的人。

我明白，在那一片廣袤而充滿混亂和生機的土地上，我是一個多餘的作家。

但我也堅信，在那一片廣袤而充滿混亂和生機的土地上，我和我的寫作，或多或少，將會有它無可替代的意義。因為，在那兒──生活、命運和上天，選定了我是那個生來只會、也只能感受黑暗的人──我像那個看見了皇帝沒有穿衣的孩子，在陽光之下，我總是會發現大樹的影子；在歡樂頌的戲劇中，我總是站在幕布的另一邊。人們都說溫暖的時候，我感到了寒冷；人們都說光明的時候，我看到了黑暗；人們在為幸福載歌載舞的時候，我發現有人在他們腳下繫繩，正要把人們集體絆倒並捆束。我看到了人的靈魂中有不可思議的醜惡；看到了知識分子為了挺

直脊樑和獨立思考的屈辱與努力；看到了更多的中國人的精神生活，正在金錢和歌聲中被權利掏空和瓦解。

我想到了我們村莊那個活了 70 歲的盲人，每天太陽出來的時候，他都會面對東山，望着朝日，默默自語地說出這樣一句話來：「日光原來是黑色的 —— 倒也好！」

而到了冬天，在太陽下曬暖的時候，他又總是會滿面笑容地自語說：「越黑暗，越暖和！」

更為奇異的事情是，這位我同村的盲人，他從年輕的時候起，就有幾個不同的手電筒，每走夜路，都要在手裏拿着打開的手電筒，天色愈黑，他手裏的手電筒愈長，燈光也愈發明亮。於是，他在夜晚漆黑的村街上走着，人們很遠就看見了他，就不會撞在他的身上。而且，在我們與他擦肩而過時，他還會用手電筒照着你前邊的道路，讓你順利地走出很遠、很遠。為了感念這位盲人和他手裏的燈光，在他死去之後，他的家人和我們村人，去為他致哀送禮時，都給他送了裝滿電池的各種手電筒。在他入殮下葬的棺材裏，幾乎全部都是人們送的可以發光的手電筒。

從這位盲人的身上，我感悟到了一種寫作 —— 它愈是黑暗，也愈為光明；愈是寒涼，也愈為溫暖。它存在的全部意義，就是為了讓人們躲避它的存在。而我和我的寫作，就是那個在黑暗中打開手電筒的盲人，行走在黑暗之

中，用那有限的光亮，照着黑暗，儘量讓人們看見黑暗而有目標和目的閃開和躲避。

今天，在世界文學中，作為亞洲文學主要一片生態的中國文學，從來沒有像現在這樣，相遇過如此充滿希望又充滿絕望的現實和世界；從來沒有相遇過，在如此豐富、荒謬、怪異的現實中，有如此之多的傳奇和故事——超現實的最日常；最真實的最灰暗。沒有一個歷史階段，東方的中國，能像當下這樣，在無限的光明中，同時又有着無處不在的遮蔽、陰影和模糊。今天的中國，似乎是整個世界的太陽和光明，可也有着讓世界巨大的憂慮和暗影。而生活在那裏的人們，每天，每時，都莫名的激情，莫名的不安，無由來的膽怯和無來由的莽撞。對歷史回眸的恐懼和遺忘，對未來的憧憬和擔憂，對現實——每天每時都驚心動魄、違背常理、不合邏輯而又存在着一般人們看不到的內真實、內邏輯、神實主義的荒誕、複雜、無序的真實和發生，構成了今日中國最為陽光下的陰影，最為明亮處的黑暗。而作家、文學，在今日中國的歷史和現實中，看到偉大的光明，那是一種真實；聽到悠揚的歌聲，也是一種真實；虛無、唯美，也都是一種真實的存在。中國的真實，是一片巨大的森林，陽光、茂綠、花草、鳥雀、溪水，一切的一切，都是真實的存在，幾十、上百的優秀作

家，都在這森林中感受着豐富而又扭曲、矛盾而又複雜、蓬勃而又撕裂的中國，演義着自己真實的寫作。而我，則因為是那個上天和生活選定的黑暗感受者，也註定我看到的真實，和別人的不同。我看到了森林深處的霧障，感受到了霧障內部的混亂、毒素和驚懼。或者說，很多人看到了白日的森林之美，而我，看到的是深夜中森林的黑暗和恐懼。

我知道，黑暗不僅是時間、地點和事件，而且還是水、空氣、人、人心和人們最日常的存在和呼吸。如果僅僅把黑暗當做前者，那是巨大的狹隘，而真正幽深、無邊的黑暗，是所有的人，都看到了黑暗，卻都說明亮而溫暖。最大的黑暗，是人們對黑暗的適應；最可怕的黑暗，是人們在黑暗中對光明的冷漠和淡忘。因此，文學在這兒就有了它的偉大。因為只有文學，在黑暗中才能發現最微弱的光、美、溫暖和誠實的愛。所以，我竭盡全力，都試圖從這黑暗中感受人的生命和呼吸，感受光、美和那種偉大的溫暖與悲憫；感受心靈饑餓的冷熱與飽暖。

因為這樣，穿過「時間、地點和事件」，我看見了今天現實中最為日常的黑暗——在有數千年文明的中國，今天的人們，大都可以做到一個又一個老人倒在街上時，大家擔心訛詐而都不去攙扶，可那老人流出的血，原來也是紅的和熱點。

因為這樣，一個產婦在醫院死在手術台上，而所有的醫務人員怕承擔責任都逃之夭夭後，留下的只有人性和靈魂在現實中最微弱的喘息與尖叫。

　　因為這樣，在我自己家裏遭遇強拆之後，我感受到了更為日常、普遍，也更為激烈的黑暗——在那個富裕開放的國家，為了發展而被強力暴拆的百姓，因無處訴求而不得不到北京的街頭，集體服毒自殺而被搶救之後，又以「尋釁滋事」罪而被公安刑拘。可當有人告知他們的自殺是「精心策劃」時，人們又都從內心，很快驅散、淡忘了日常百姓在現實中新的生存困境和新的苦難，以及他們行走在光明之下——黑暗中的不安。

　　我理解了中國的老人，因為某一事件，會不約而同的集體自殺——他們不死於貧窮、疾病、勞累和道德，而是死於內心對人生的焦慮、對命運的不安和對現實世界最後的絕望。而我，當面對這些時，那些關於人、活着、現實和世界驅趕不散的黑暗，就會大霧一般瀰漫在我的內心、生活和我寫作的筆端——我以我自己的方式感知那個世界——我也只能用我自己最個人的方式，感知和書寫那個世界。我沒有能力推開窗子看到世界的光明，沒有能力從混亂、荒謬的現實和歷史中，感受到秩序和人的存在的力量。我總是被混亂的黑暗所包圍，也只能從黑暗中感受世界的明亮與人的微弱的存在和未來。

甚至說，我就是一個黑暗的人。一個獨立而黑暗的寫作者和被光明討厭並四處驅趕的寫作的幽靈。

　　到這兒，我想到了《舊約》中的約伯，他在經受了無數的苦難之後，對詛咒他的妻子說：「難道我們從神的手裏得福，不也受禍嗎？」這最簡單的一句答問，說明了約伯深知他的苦難，是神對他試煉的一種選定；說明了光明與黑暗同在的一種必然。而我，不是如約伯一樣，是神選定的唯一試煉苦難的人。但我知道，我是上天和生活選定的那個特定感受黑暗的人。我躲在光明邊緣的灰暗之中。我在灰暗和黑暗裏，感受世界，握筆寫作，並從這灰暗、黑暗裏尋找亮光、月色和溫暖，尋找愛、善和永遠跳動的心靈；並試圖透過寫作，走出黑暗，獲求光明。

　　我——那個把文學作為最高理想和信仰的作家，無論是作為一個人的活着，還是作為一個寫作者的存在，都為自己天生註定在光明中感受黑暗而不安。也因此，我感謝我的血脈祖國，感謝它漸次的開明和包容，允許一個註定只能感受黑暗的人的存在和寫作；允許一個人，總是站在大幕的背面來感知現實、歷史和人與靈魂的存在。也因此，更加感謝卡夫卡文學獎的評委們，今年把這個素潔、純粹的文學獎授予了我。你們授予我的這個獎項，不是約伯在歷盡黑暗和苦難之後獲得的光明和財富，而是送給了那個感受了苦難而唯一逃出來報信的僕人——那個行走夜

路的盲人——的一束燈光。因為這束燈光的存在，那個生來就是為了感受黑暗的人就相信，他的前面是明亮的；因為這片兒明亮，人們就能看見黑暗的存在，就可以更加有效地躲開黑暗與苦難。而那位僕人或盲人，也可以在他報信的夜路上，人們與他擦肩而過時，去照亮前行者的一段——哪怕是短暫的路程。

國家失記與文學記憶

失憶與失記

　　我曾經寫過一篇〈國家失記〉的文章，在那篇文章裏我談到：2012 年 3 月，我在香港相遇瑞典教授、漢學家羅多弼（Torbjörn Lodén）先生，他告訴我說，他在香港的城市大學短期教書，面對教室中的四十個都出生於八十年代的中國留學生，他問他們到：「你們知道中國的『六四』和劉賓雁與方勵之先生嗎？」那些來自中國大陸的學生們，面面相覷，一片啞然。於此同時，我想起香港的另一位老師告訴我，有次她問來自中國大陸的學生們：「你們聽說過在那場所謂的三年自然災害中，中國餓死了三千萬到四千萬的百姓嗎？」她的這個問題，讓那些學生們不禁啞然，而且面帶驚愕的疑惑，彷彿這位香港教師，正在講台上公然編造中國的歷史，攻擊他們正在日漸崛起的祖國。彼此談完這些事情，我和羅多弼先生坐在一家安靜的越南餐廳，長久相望，不能聲言。自此之後，一個早被人們私

下議論──而非公然討論的那個中國問題：國家性遺忘，便如楔子樣楔入我的頭腦和骨血的縫隙，時時憶起，都會隱隱聽到體內淌血的一絲聲息，都會有與國家遺忘相關的一連串的問題，馬隊般踏着記憶的血道，來到我自責的廣場：

那些出生在八十、九十年代，而今都是二十至三十歲的中國的孩子們，是否真的成了遺忘的一代？是誰在讓他們遺忘？他們被遺忘的方法是什麼？我們這些有着記憶的前輩，應該為他們的遺忘承擔些什麼責任呢？

清理這些問題的時候，感覺這種遺忘的稱謂，在中國應該被稱為「失記」更準確。因為遺忘更多的是讓記憶拋棄過去和歷史，而失記，則包含着「對現實與歷史有選擇的拋去和留存」，甚至還包含着「今天對記憶的新創造」。是的，正是這個失記的境況，在我們的國家，讓新一代的孩子們，成了記憶的植物人。歷史和現實，過去與今天，都正在失記和被失記，正在被一代人所齊整、乾淨、力求不留痕蹟的遺忘着。失記和遺忘、真相與失憶，每天都在備受關注的一些語言、文字、頭腦中發生着衝撞和爭奪。我們一直以為，歷史與人類的記憶，最終會戰勝暫時的忘怯，而回到良知的真相中。而事實上，事情恰恰相反。在今天的中國，遺忘戰勝了記憶，虛假戰勝了真相，臆造成為了歷史和邏輯連接的鏈條和接口，就連今天剛剛目睹發

生的事情，也在以驚人的速度，被選擇性失記所拋棄，只剩下一些真假難辨的碎片，殘留在社會、生活和人們的頭腦中。而這些碎片，也會在明天不期而至的到來後，被自然和人為地置入快速失記的籃筐，高高掛在人們視力所不及的黑暗之角落。

什麼被失記

必須承認，這個國家在 1949 年誕生之後，革命和被革命每日都在席捲着這個泱泱大國。革命在創造政權、創造歷史、創造現實，也「創造記憶」。而記憶和被記憶，自然失記和被迫性失記，都在國家性的「失與記」的範疇中，成為一種革命的選擇與手段，被有序漸進地推進和實施。封建歷史的一切，因為都是封建的，帝王將相的，當然就不再提它了。辛亥革命也已經遙遠了，把孫中山的名字留下來，而與這個名字相關、無關的重大事件和歷史之細節，也都從史書和教科書中有選擇地刪去着。就是今天還活着的中國老人都還歷歷在目的軍閥混戰、抗日戰爭，共有哪些黨派、軍隊、志士在內槓、抗日、流血和犧牲，也都被有選擇地記住和遺忘。這一關於失記的行為，是一種國家性策略，及至到了後來，這個國家在以一個人的瘋狂與熱情，帶動着整個民族沸騰的革命和建設中，以運

動延續戰爭，以革命替代生產的發生在 1951 至 1952 年的「三反五反」（反貪污、反浪費、反官僚主義和反行賄，反偷稅漏稅，反盜騙國家財產、反偷工減料、反官僚主義），在今天看來，在我 1949 年後的中國所有的革命運動中，是最具現實意義的一次，但因為革命者的熱情和戰爭年代在革命者身上延續的「槍桿子裏面出政權」的成功經驗，使這場運動從一開始就被過度普及和擴大化。許多地方在分配着抓和監的人頭指標，不是你有沒有這「三反五反」的革命對象，而是你必須有這樣的革命之對象。因為「三反五反」在四九年後新中國革命運動的首次意義，為 1957 民族災難的「反右」大清洗，奠定了實踐的基礎。因此，關於它和那場讓所有中國知識分子直到今天想來都還不寒而慄的「反右」運動，就被強制地從人們記憶的庫房移向了失記的庫房。從此，人們不可以再在記憶的語言中談論提及了。而後的大躍進、大煉鋼鐵與隨之而來的遍及整個中國、據統計餓死有三到四千萬人口的所謂「三年自然災害」，以及讓整個世界都隨之起舞的十年「文革」，都因其荒誕、殘酷、廣眾和令整個人類都為之震驚和啞然，因此而不敢、不能、也不願再去還原這一歷史相貌，讓孩子們的記憶中有着歷史的真相。延續到中國的改革開放之後，和越南那場百姓、人民、軍隊都不知因何而起的戰爭，無論中國或越南到底陣亡了多少士兵和死去多少無謂的生

命，也是隻字不再去提了。發生在 1983 年的那場暴風雨式的「嚴打」，所謂法律，就是權力的上牙和下牙的一次敲碰，因此有多少年輕相愛的戀人，因為在街頭親吻，而被當作流氓送進了監獄，有多少人因窮盜物，而人頭落地，也不再回頭追問了。

當然，1989 年夏天那場讓整個世界到今天都還記憶猶新的「六四」學生運動，當它以槍聲、流血和流亡作為尾聲時，世界所有記憶的展台上，都還鮮擺着事件的真相和細節，可卻在它所發生的國度裏，人們和孩子們，都在經濟高速發展，國力快速提升的歡呼中，對它倍感陌生了，開始忘卻了。那時的記憶，對許多當事的目擊者，都如觀看了一場恍若隔世的夢境劇；而那些曾經熱血沸騰的參與者，當年的年輕人，今天人生成功或失敗的中年們，也就一字而了結：「傻！」一個「傻！」字，對自己行為的自嘲和對失記的滿足，已經了斷和遮蔽了個人命運、集體記憶和民族歷史中最為血痛的瘡口。還有什麼呢？還有今天所發生的一切，爆發在改革開放時期面際之廣、人數之眾，讓人無法查考的因賣血而起的愛滋病；黑煤窯、黑磚窯，隔三錯五的瓦斯爆炸和大塌方；毒餃子、毒奶粉、毒雞蛋、毒海鮮、地溝油和遍佈甚廣的含有嚴重致癌物的青菜、水果和昨天計劃生育中的暴流產，今天城市、鄉村無處不在的強拆和對上訪人員惡截的不法與無禮，如此等

等，現實中所有有損國家形象與權力機制的負面事件，都會迅速因強制性失記而成為昨日之煙塵，在一切報紙、雜誌、電視、網絡和可有文字記憶的地方通過刪去、禁言的方式，達到失記的目的。

失記不是所有人的病症和意志之特徵，而是國家管理的策略和社會制度的一種必然。其最有效的途徑，就是在意識形態中實行禁言的政策和方法；通過權力的控制，割斷一切可以延續記憶的渠道，如史書、教材、文學和一切文藝的表現與表演。原北京大學的教授張中行先生有句名言：「如果我們不能說話，總是可以沉默；不知道該說什麼，總是知道不該說什麼。」費孝通先生在年老時去看望錢鍾書的夫人楊絳，離開時楊絳送他下了樓梯一語雙關道，「你年紀大了，以後不要再『逆風而上』了。」這些話今天聽來都是美談，但卻包含了中國知識分子多少在沉默中的心酸。我們有時會給沉默一種高尚的評價：「沉默是一種無聲的反抗。」但是沉默畢竟不是發聲，不是行動，如同長久不語就可能成為真的啞巴樣，沉默久了，也就可能成了默認、認同和走入血液的習慣，成為國家失記惡措的推手和助化劑，成為那些讓你強制失記的人的贊同者或歌頌者。默認起來，全民失憶——這並不是哪個國家的獨創和獨有，世界上凡是獨裁、集權的國家，或某一集權的歷史階段，無不是採用這種繩索、鐐銬對語言的控制和壓

迫，從而使那些記憶良好的知識分子們，首先沉默和失記，漸次地再在集權所統治、禁囚的時間中，把失記擴展到民間、基層和百姓的生活裏。因此，當下一代對此一無所知後，這種強制性失記就大功告成了。

歷史就被完美地重新改寫了。

失記之方法

強制性失記，是一種強漢對弱女的奸淫，其強漢的暴行，其實了無新意，一如某種動物對自己領地的捍衛。沒有這種捍衛，也就沒有那種動物的生存和生命。而集權之所以會在意識形態中採用對歷史和現實的強制性失記，也正是集權對集權的鞏固之必須。然在今天的中國，問題並不能籠統、簡單地歸咎為國家與權力，還要去質問那些在強制性失記中心甘情願的知識分子們。他們甘願漸次地失去記憶，而最終達到權力所需的完全的忘記，這才是中國知識分子與其他國家、民族和歷史最大的不同。以作家而言，前蘇聯的白色恐怖，其目的也是為了集權、獨裁而採取着「文字獄」的遺忘之法，可結果，在那兒卻產生了布爾加科夫（Mikhail Bulgakov）、索贊尼辛（Alexander Solzhenitsyn）、巴斯特納克（Boris Pasternnak）和雷巴科夫（Anatoly Rybakov）等等一大批的作家和作品。他們的

寫作，與其說是對權力、制度的抵抗，倒不如說是對記憶、遺忘的修復和療救。昆德拉（Milan Kundera）的《笑忘書》（*The Book of Laughter and Forgetting*），是直接探討強權對他的國家和民族記憶的傷害和剝奪；匈牙利作家雅歌塔•克里斯多夫（Ágota Kristóf）的《惡童三部曲》（*The Notebook, The Proof, The Third Lie: Three Novels*），則把民族最黑暗的記憶，拉至一切有着陽光照曬的地段去。凡此種種，不一而足。而中國——今天的中國，已經決非三十幾年前的那個如今日之北韓樣的國度，一切通向光明的門扉、窗口都是關閉、鎖死的。今天的中國，一扇窗子（經濟）是向世界開放的，而另一扇（政治）則因權力對其社會、人們的管理之需要，是關閉或窮力關閉的。問題就在這兒——與記憶、遺忘相關的中國式的國家失記的獨特性，就在這半開半閉的窗間與巧妙裏。

首先，在強有力的意識形態籠罩下，那半開的窗口是被意識形態籠罩、監督的。沒有人可以監督國家的意識形態，而國家的意識形態卻無時、無處不在監督着知識分子每個人的言與行、口與筆。其次，因為那打開的一扇窗子有陽光透進來，世界之風、之光也就無可阻止地進來了。可以讓人感受到改革、開放和開明了。法律在記憶和遺忘中沒有具體存在，幾乎形同虛設，它既不保護言論自由、新聞自由、出版自由和作家想像的自由，也不保護那些不

願失去記憶的人們有記憶的權力。一切都寄希望領導人的開明和道德之情操。而這已經打開的窗扇和門扉，與其說是知識分子的思考換來的，不如說是權力在開明時候恩賜的。因為它確實來之某些人物的開明和恩賜，人們就易於滿足並在失記與記憶中表現出要求的滿足與謙遜。所以，有了這半扇、一扇打開的窗，就不再特別向權力渴求、呼籲、爭鬥也要把另外半扇、一扇窗口打開的權力還給人們了。一如長久關閉在黑暗監獄的人，已經給你打開了一扇透光通氣的窗戶後，難道你還有權力要求獄門大開嗎？於是，有選擇的記憶，就在這打開的窗口進出流動着；必須的失記，就永遠被封閉在了那扇關閉的窗戶後。這就是今天中國的作家和知識分子們，甘願在規定可選擇的記憶中寫作和甘願在被迫性失記中沉默和忘記的客觀環境與根由。對失記的心甘與情願，是智者的集體之妥協，是群體記憶放棄後的相互理解與彼此心照不宣的認同。今天已經有我可呼吸的空氣了，也就不需要再為明天的春日清風去做無謂的犧牲了。讓記住的就記住，讓失記的就失記。如同一個聽話的孩子，因為聽話和乖巧，反而會得到更多的寵愛和糖奶。第三，對失記的默認與贊同，還源自這個國家的富裕和獎懲。贊同失記的，無論你是作家、教授還是歷史學家、社會學家，只要你只看到只讓你看到的，不去看那不讓你看到的；只要你只去謳歌那需要你謳歌的，不

去描繪那些需要遺忘、失記的真正和真實；只要你的想像只去想像權力、歷史、現實需要你虛構、加工、創造的，而不要把想像的翅膀延伸到必須遮蔽、失記的土地和真實的天空中，那麼，就把權力、榮譽、金錢全都獎給你。反之，就把冷疏、禁言甚至獄牢獎給你（劉曉波和最近因在家庭為紀念「六四」聚會而被權力冠以「涉嫌尋釁滋事」而被捕的哲學家、教授、律師們就是如此）。在今天的中國，金錢總有一種無可比擬的強大和力量，它可以讓雙唇緊閉，讓筆水枯乾，讓文學想像的翅膀，借助金錢的力量，飛向反真實和良知的方向。然後，再以藝術和藝術家的名譽，堂而皇之地完成歷史遺忘中的虛構和現實假像那有磚有瓦的華麗重建。在這兒，真相被埋葬了；良知被閹割了；語言被權力和金錢輪奸了。而被權力駕空的時間與歷史，日復一日，年復一年，在幫助着國家性失記的完成，並創造一種「新歷史」；在這新的歷史中，也在生養、培育着每個人的習慣性失記和對懷疑的懷疑。懷疑者總是受到警告和懲罰，而甘願相信虛假與虛構的人和事，從而因為失記反而把所有的獎勵都收入囊中去。

如此，國家性失記的歷史之工程，也就大業告罄了。

在中國式的國家性失記策略中，強制性是全世界的共性和相通，妥協性與獎勵性，則是今天中國現實的獨有。三十多年前，中國對記憶者不肯失記採取的是完全的

高壓之強制；而今天，這個富裕的國家，靈活而大方的運用着他大把大把的金錢，採取獎勵的方法，使你在記憶中妥協和放棄。在中國，就文學藝術言，沒有一家民間或個人組織的國家獎項。幾乎所有的評比和獎勵，都是黨和國家的。有的獎項既便是地方單位的，這個地方和單位，也是黨的組織和國家體制管轄、管理的。所以，所有的文學、藝術、新聞和文化獎，也都是在失記和規定可選擇的記憶中操作運行的。不是説這些獎項是絕對的不公和不合理，而是説，它允許你在規定可選擇的範圍內創作、創造和想像。只要在這可選擇的範圍內，你有成就了，自然就可以獲得各種的美譽和獎勵。中國作家協會和中國文聯以及各省、市一直延伸普及到各縣、區的作家協會和文聯的主席、副主席，必須承認他們大都是這個國家、省市及縣區最有才華的作家和藝術家。在規定和可供選擇的歷史、現實和真實的範圍內，他們中的多數，一邊是沉默，一邊是選擇，所作所為，都在規定的失記和可選擇的記憶範圍內，發揮了他們最大的才華和創造力，創作出了讓失憶的就賦予它一片看不見真相之模糊，讓記憶的就給它一片光明和頌讚 —— 有了這樣的「好作品」，因此他們都成了作協、文聯的主席、副主席。這些主席、副主席的席位，不僅是一種權力與待遇，而且在更大的情況下，是你在你所從事的藝術創造中的成就、榮譽和象徵。於是，那些有才

華、有追求的作家、藝術家，都在記憶與失記的選擇中，妥協了、沉默了，終至默認和認同了。大家成了讓記住的記住、讓失記的失記——可選擇記憶的最好實踐者。其藝術之價值，都彰顯在必須遺忘的歷史和必須失記的現實的區域間。作家、藝術家們，在這個區域散步和觀光，撿一些記憶的碎片，打一些無傷大雅的擦邊球，贏來一些令人尊敬的喝采。從而既表現了一個作家、藝術家的所謂良知與勇氣，又以自己之才華，證明了國家在政治與藝術上的開明、開放和在創作、創造上的自由與包容。而這些的實質——妥協的不安和對失記抗爭的象徵性表達，和真正的藝術自由是並不關聯的，而糟糕的事情是，作家和藝術家，不僅不這樣認為，而且還會在任何地方和舞台上，言之鑿鑿的站在舞台上，來證明他創作的自由和價值。

文學：對抗失記和記憶的延伸

最近，瑞典作家、詩人埃斯普馬克正（Kjell Espmark）在中國出版他的七卷本長篇小說《失憶的時代》（*Glömskans tid*）。其中的第一卷名字就叫《失憶》，寫了主人翁對他前半生包括愛情在內的一個人記憶的全面丟失和尋找。這是一部獨特而奇妙的小說。它探討了個人記憶的來源和無來源以及在失憶（失記）中尋找記憶的過程和煩惱。在這

部小說中，記憶成為了一種生存和生命，不光是一種時間和事物。它與中國式的失記所不同的是，中國式失記是一種國家行為，是國家權力對它的人民管理之策略，丟失的是民族的歷史和記憶，而失記者獲得的是金錢、權力和榮譽；是用自己的失記去國家和權力那兒領得一份誘人動心的換取物。而《失憶》，則寫的是個人記憶，是一種個人對自己丟失的過去的行為、言說、物事的回憶和尋找。在中國讀者看來，無論作家本人在寫作中有何樣的思考、感悟和想像，但它在中國的出版——都是中國式失記的寓言和預言。是一個國家性失記在個人身上的表現和延續。我們在失記過程中，首先丟掉的是歷史中的民族記憶；然後再丟掉現實中的一切事實與真相；第三步，每一個有記憶的中國人，就都該像《失憶》中的「我」一樣，失去自己對自己生平的記憶、對情人的記憶、對恩愛仇怨的記憶、對歡樂苦惱的記憶了。讓大腦中記憶的區域，成為一張潔淨的白紙，等待着社會、權力、他人依照他們的需要，重新去告訴你歷史是什麼樣子，社會是什麼樣子，你和你的過去、細節是什麼樣子了。

國家、權力和社會，渴望他們管理的人民——每個區域、階層和環境中的人，智商都如三至五歲的幼兒樣。他們希望對一個國家的管理，如同幼稚園中老師對孩子們的管教，讓他們吃了就吃，讓他們睡了就睡，讓他們娛樂

了，他們就面帶天真、純淨的笑容，舉着頭大的紅花，在別人寫好的腳本上，投入自己的感情進行歌唱和表演。要達到這樣的目的，就只能讓有記憶的人失記，讓能表達的人沉默，讓成長中的下一代，腦子潔淨如洗，如同一張等待隨意塗鴉的白紙。然後，一個國家就有可能成為一個巨大的幼稚園，成為等待重新開墾並隨意沙漠或種植的處女地。可是，如同幼稚園中那些叛逆的孩子，有人總希望自己想做什麼就做些什麼，而不是老師讓做什麼，才去做什麼。在這個國家，事情也一樣如此，總還有那些不願失記的知識分子和作家們，他們總在爭取自己的發聲，爭取讓自己想像的翅膀，沿着靈魂、良知和藝術的途徑，飛越規定可以寫作的區域，到任何歷史與現實的角落，創造出承載記憶的作品來。

記憶不是衡量一部作品好壞的唯一標準，但卻是衡量一個國家、一個黨派、一個民族真正成熟的最有效的尺度。為此，我總是抱着一個作家天真如孩童般的幻想，延續着當年中國老作家巴金先生的記憶之夢：在中國建立一個「文革紀念館」——而今，中國已經改革開放了三十餘年，它該成熟了、完善了，該有着巨大的包容、自省、記憶能力了。那麼，就不要單單是有人想到去建一個文革紀念館（連這個建館的建議今天也沒人再提了），就索性在世界上最為闊大、遊人最多的北京天安門的廣場上，建一

座「民族失記碑」，刻寫下我們的國家自某一歷史時期以來的全部傷痛與記憶，如反右、大躍進、三年饑荒等人類之災，十年磨難的讓整個世界都聞之起舞的文化革命以及八九年的學生運動等──單是49年建國以後，到中國的改革開放初，就有50多場革命運動在中國滾滾而過，凡此種種的民族災難，都要記刻在最醒目的廣場上，告訴所有、所有的人──國人與世人，我們的民族是完善的、成熟的，敢於記憶的。

因此，它也是真正偉大的、可敬的，敢為世人榜樣的。

「異中國」的卑微與文學

在如此雅靜的校園和充滿傑靈的大學，總讓我有一種恍若隔世、置身於外的感覺。這讓我想起 1600 年前，中國東晉時期的大詩人陶淵明的詩句：「采菊東籬下，悠然見南山」；「誤落塵網中，一去三十年。」想起了陶淵明的「桃花園」，想起了我們人類最美好的烏托邦，真可謂「不知今夕是何年」，「錯將此鄉為異鄉」。與此同時，在這兒，也讓我想起中國的香港。想起香港科技大學的海水、山脈、建築和傑靈而學養的師生。那麼，今天的演講，就讓我從香港說起吧。

今年初，我被誤聘在香港科技大學做客座教授，教授寫作，因為那兒山水美好，師生人傑，課程相對輕鬆，因此，就在那兒有了一段「桃花園」、「烏托邦」般的美好生活。讀書、寫作，授課論討，人生如同正仲春。就在那仲春花豔的五月，有天夜裏，我熟睡至早上五點來鐘，正在美夢中沉浸安閒時，床頭的手機響了。這一響，我愈是不接，它愈是響得連續而緊湊。最後熬持不過，只好厭煩地起身，拿起手機一看，是我姐姐從中國內地 —— 我的河南

老家打去的。問有什麼事情？姐姐說，母親昨天夜裏做了一個夢，夢見我因為寫作，犯了很大的錯誤，受了嚴重處分後，害怕蹲監，就跪在地上求人磕頭，結果額門上磕得鮮血淋漓，差一點昏死過去。所以，母親一定讓姐姐天不亮就給我打個電話，問一個究竟明白。

最後，姐姐在電話上問我，你沒事情吧？

我說沒事，很好呀。

姐姐說，真的沒事？

我說，真的沒事，哪兒都好。

末了，姐姐掛了電話。而我，從那一刻起，想起了我初學寫作時，因為小說中寫到了家鄉在中國宋朝時期的大理學家程顥、程頤和他們的後代，而那程姓的後代，認為我不僅沒有歌頌他們的祖先，而且還諷刺了這二先祖大學者，就決定要糾集所有程姓子孫，到我家鄉打架報復，以教訓那個「愛寫作的孩子」。之後，是我的家人、朋友，通過各種管道，向程姓人家賠禮道歉、疏通關係，此事才大事化小、小事化了。接着，我又在某篇小說中寫到一個人物，腿有殘疾、走路不便，這個人物被家鄉愛讀書的人看到了，認為我是寫了村長家的兒子——因為村長家的兒子，確實走路不便、腿有殘疾。於是，村長大為不悅，過年回家時，母親戰戰兢兢，給我準備了煙、酒等禮物，讓哥哥帶上我，到村長家裏賠禮道歉。我清晰的記得，大年

三十的晚上，村長坐在床頭抽煙，我和哥哥一直站在他床前解釋、檢討，說小說中寫的和村莊裏的人們生活毫無關係，都是一種胡編亂造（虛構），而村長只是吸煙、吸煙、再吸煙。他不說話，也不看我們，這就讓屋裏有一種窒息的感覺。讓我擔心，我和哥哥會因為窒息，而昏厥在村長家裏。時間就那樣緩慢、沉重、滯澀的似走似停，似死似活，每一秒鐘，都彷彿被無限地拉長。直到最後我向村長保證說，以後的寫作，決不會再寫和家鄉、村裏有絲毫關係的一點壞事情 —— 只寫好的，不寫壞的。村長才在床邊把煙頭撚滅，輕聲而低沉的說了一句簡單而有力的話：

「—— 你們走吧。」

於是，我和哥哥如被赦免一般，終於得以呼吸，得以離開。

告別村長和村長家高大的房屋，我和哥哥走在中國鄉村的除夕夜裏，鞭炮聲不斷的響在村頭大街上，在那鞭炮聲中，哥哥長長的吐了一口氣，彷彿獲得了新生。而我，感到在充滿火光炮鳴的新春夜晚，寒冷、孤獨而寂寥，宛若海水，把我吞沒在了那個茫茫的光亮之中。而從此，我的寫作就開始在永遠的躲避着什麼，隱藏着什麼。彷彿一個年幼的孩子，膽小、謹慎、孤獨的走在路上時，怕腳下的蛇、天空的鷹，和突然出現在路上的狼、狗及什麼猝不及防的野畜。這也正如在人生的途道上，你愈是害

怕什麼，什麼就會經常出現。我一直以為我的寫作，不在於我寫了什麼，而在於我沒寫什麼；省略了什麼，逃避了什麼。我一生的寫作，都是在不能不寫、不能省略、不能逃避的時候，才不得不握筆、不得不寫作。因此，我經常認真地說，我的藝術不在我的作品之中，而在我的作品之外。可是這樣——儘管這樣，我卻還是不斷地被爭論、被禁止，前前後後，半生下來，有七、八部書不能在我母語的國家和讀者見面。而那些讀者可以讀到的書，每年每月、幾乎每一部作品的出版，都讓我的親人、朋友和那些富有良知的出版者，左右為難、提心吊膽。如此的一年二年，三年五年，乃至於十年、二十年，三十多年的半生文學，都是這樣的經歷，都是這樣的寫作。也才因此，在今年初的那一夜，母親夢到我因為寫作犯了天怒，害怕蹲監，跪在那兒求饒磕頭，磕得頭破血流時，才半夜讓姐姐給我打去一個電話。

而這個電話，就最終讓我想起了一句話，五個字——「卑微的文學」。

而從此，這「卑微」二字，「卑微的文學」這句話，就刀刻在了我的腦絡深皺間，一天一天，分分秒秒，只要想到文學，它就浮現出來，不僅不肯消失，而且還愈發的鮮明和尖銳，一如釘在磚牆上的釘，紅磚已經腐爛，鏽釘

卻還鮮明的突出在那面磚牆上。直到現在，我站在這兒演講，「卑微」和「卑微的文學」，還在我的頭腦中嗡嗡飛響，如蜂起窩邊，晨時鳥鳴。如此，我想到了亞洲的日本，最早、最偉大的小說《源氏物語》和中國最偉大的小說《紅樓夢》，他們的寫作和意義，有許多相近之處。可而今，我們不知道《源氏物語》的作者紫式部是怎樣談論寫作的，但《紅樓夢》的作者曹雪芹，卻非常清楚的告訴後人，他之所以寫作，是因為「一技無成，半生潦倒」，才要「編述一集，悅世之目、破人之愁。」我們由此──也由他們偉大的作品終於知道，無論是紫式部，還是曹雪芹，他們的寫作，都有着非常清晰的目標：「悅世之目、破人之愁。」在這個寫作理念中，相比之下，比起我們，比起今天當代中國的文學和作家，我們可以清晰地感受到，關於寫作，紫式部和曹雪芹，他們不僅絲毫沒有人生的自卑，也絲毫沒有文學的卑微。而且，還有着足夠的信心，去相信文學的尊嚴，相信文學的崇高。

然而，今天的中國文學，除了我們任何作家的天賦才情，都無法與紫式部和曹雪芹相提並論外，誰還會對文學的理念、尊嚴懷着如此崇高的信任？誰還敢、還能說自己的寫作，是為了「悅世之目、破人之愁」？當文學面對現實、作家面對國家和權力時，有幾人能不有文學與作家

的卑微感？作家與文學，在今天的中國，真是低到了塵埃裏去，可還又覺得高了出來，絆了社會發展和他人前行的腳步。

今天，我們在這兒談論某一種文學，談論這種文學的可能，換一個場域，換回到中國，會被更多的人視為是蟻蟲崇拜飛蛾所嚮往的光；是奧威爾（George Orwell）《動物農莊》裏的牲靈們，對未來的憂傷和憧憬。而且，今天中國文學的理想、夢想、崇高及對人的認識——愛、自由、價值、情感、人性和靈魂的追求等，在現實中是和所有的金錢、利益、國家、主義、權力混為一潭、不能分開的。也不允許分開的。這樣，就有一種作家與文學，在今天中國現實中的存在，顯得特別的不合時宜，如野草與城市的中央公園，荊棵與都市的肺部森林，卑微到荒野與遠郊，人們也還覺得它佔有了現實或大地的位置。當下，中國的文學——無論是真的能夠作為世界文學的組成，還是僅僅是亞洲文學的一個部分，文學中的不少作家，都在這種部分和組成中，無力而卑微地寫作，如同盛世中那些「打醬油的人」，走在盛大集會的邊道上。於國家，它只是巨大花園中的幾株野草；於藝術，也只是作家個人的一種生存與呼吸。確實而言，我不知道中國的現實，還需不需要我們所謂的文學；不知道文學創造在現實中還有多少意義。這如同一個人活着，總是必須面對某種有力而必然的死亡

樣。存在、無意義，出版的失敗和寫作的惘然，加之龐大的市場與媒體的操弄及現實中文藝政策和規定和的限制，如此，就構成了一個作家在中國現實中寫作的巨大的卑微。然而，因為卑微，卻還要寫作；因為卑微，才還要寫作；因為卑微，卻只能寫作。於是，又形成了一個被人們忽略、忽視的循環悖論：作家因為卑微而寫作，因為寫作而卑微；愈寫作，愈卑微；愈卑微，愈寫作。這就如唐吉訶德面對西班牙大地上的風車，似乎風車是為唐吉訶德而生，唐吉訶德是為風車而來。可是意義呢？這種風車與唐吉訶德共生共存的意義在哪兒？

難道，真的是無意義就是意義嗎？

記得十餘年前我的長篇小說《丁莊夢》和《風雅頌》的寫作之初，是經過自覺並自我嚴格的一審再審，一查再查，可今天回頭來看這些作品的寫作與出版，到底還有多少藝術生命的蘊含呢？

在歐洲、美國、日本、南韓，以及世界上除北韓之外的大多國家和地區，凡我所到之處，那裏的讀者、學者、專家和媒體工作者，總會異常關心中國的言論自由和出版審查，這使中國作家彷彿是世界文學的孤兒，讓人憐愛，讓人同情，也讓人悲惜。為此，我對所有關心中國文學的世界同仁，都帶有一種親情般的感激之心，說謝謝！謝謝！再謝謝！但與此同時，我也總是要不斷的向他們強

調說明，對於中國作家而言，被審查固然是一種禁錮、鐵籠、不自由，是每一個有良知的作家與知識分子，都應該為其掙脫奮鬥、不惜生命的目標，但我們不能因此就疏忽另外一個問題——為什麼俄羅斯——前蘇聯——的作家在死亡的槍口之下，在白色恐怖之中，在命運通往西伯利亞流放地的路上，還能夠寫出《古拉格群島》(*The Gulag Archipelago*)、《齊瓦哥醫生》、《大師與瑪格麗特》(*The Master and Margarita*) 和《生活與命運》(*Life and Fate*) 等那樣真實與真相的藝術傑作？！而中國人，幾乎受盡了與前蘇聯、俄羅斯一樣的苦難，卻沒有這樣的作品呢？！

尤其社會發展至今天，中國文學雖然還在嚴格的審查之下，但今日中國作家的寫作與社會生態環境，決非幾十年前的「文革」和「反右」，更沒有前蘇聯的白色恐怖和西伯利亞的流放地，而我們，卻仍然沒有產生索贊尼辛，沒有產生巴斯特納克，沒有布爾加科夫、雷巴科夫和瓦西里·格羅斯曼 (Vasily Grossman)。到這兒，如果大家覺得這些作家都太被政治所纏繞，對藝術創造，是一種新的束縛的話，那麼，有十三億人口和數千年文化底的當代中國，為什麼不能產生托爾斯泰 (Leo Tolstoy)、杜斯妥也夫斯基 (Fyodor Dostoyevsky) 和契訶夫 (Anton Chekhov)？為什麼不能產生卡夫卡 (Franz Kafka)、喬伊斯 (James Joyce)、普魯斯特 (Marcel Proust)、貝克特 (Samuel

Beckett）、卡繆（Albert Camus）、納博科夫（Vladimir Nabokov）、馬奎斯（Gabriel Márquez）、博爾赫斯（Jorge Borges）和森鷗外、夏目漱石、芥川龍之介以及川端康成和三島由紀夫等一大批如日本現代的偉大作家呢？為什麼我們今天很少有當年的魯迅和蕭紅，也很少有當年的沈從文和張愛玲？

當然，每個時代因其時代不同，都必然有其不同的作家和作品。但今天中國的時代與現實，歷史與當下的可能，在全世界有目共睹、獨一無二。它豐富而又變異、怪誕而又澎渤；人心之複雜、世事之荒誕，千變萬化而又穩定固我，從制度到現實、從現實到歷史、從社會到人心，我以為它都是這個世界在二十世紀給二十一世紀留下的一個人類巨大的奇觀。國奇、人奇；國異、人異。一句話，請我們站在純粹文學的立場去觀察，思考今日之中國，絲毫不要用政治和道德的標準，去判斷今天的中國和中國人，我們難道不能得出這樣幾個結論嗎？

一、今天的中國，在世界上是最獨一無二的國家；

二、今天中國式的中國時代，是世界上最獨一無二的時代；

三、今天的中國人，在世界上是最獨一無二的「中國式人類」。

這樣，就有一個概念下的兩個實在存在了。這個概念是：「異中國」；這兩個實在是：「異時代」和「異中國人」。換言之，即「異時代」中的「中國」和異時代中的「中國式人類」。那麼，與之相應的文學呢？坦率地說，中國作家在世界上沒有寫出最獨一無二「異中國」的中國式的小說來。我們沒有與這個國家和這個國家的歷史、現實及「中國式人類」相匹配的中國文學。

今天，在這個「異中國」和隸屬於它的十三億人口中，每天所發生的故事，都讓一百部偉大的名著、巨著難以容納和想像，但我們每天、每年、數十年，都沒有寫出一部或幾部與這個「異中國」相匹配的《戰爭與和平》（*War and Peace*）、《罪與罰》（*Crime and Punishment*）、《尤利西斯》（*Ulysses*）、《追憶似水年華》（*In Search of Lost Time*）、《城堡》（*The Castle*）、《百年孤寂》、《細雪》、《古都》、《阿 Q 正傳》、《邊城》、《呼蘭河傳》那樣的小說來。──我是說，在今天的中國，有無數無數異於人類、又屬於人類但卻不屬於其他民族、語言、國度的故事，有無數、無數屬於世界文學但不屬於其他語言、文化、民族、國度的文學人物，但我們沒有寫出那部和那個屬於人類及世界文學的最獨有的「異中國」的「中國故事」和「中國人」。

異中國 —— 今天的中國，從文學的意義上說，已經不屬於魯迅所處的那個民國和阿 Q 的時代了；也不真正屬於 49 年後的毛時代和改革開放時期的鄧時代。它的變異、複雜與荒誕，對於作家而言，是有太多罕見的龐大、豐富、深刻的「中國故事」和這樣那樣的「中國式人類」的文學人物。可是，當中國文學相遇這個獨一無二的異中國和異時代時，卻沒有 —— 至少目前，我以為還沒有文學真正講出那個最中國的 —— 異中國的偉大故事來，還沒有作家寫出那個、那群最中國 —— 異中國的「中國人」。

為什麼會這樣？你又怎樣去看待？

我想，這不外乎以下幾點：

一、或多或少，整個世界文學，都在人類文化的創造中開始衰落；而中國文學，也必然是這衰落中的一個部分。

二、中國正處在一個扭曲、變形、不規則、新常態的畸形期，金錢、市場、權力和新媒體的網絡時代，對我們說的異中國的偉大的「新中國文學」和文學中的「中國式人類」的創造和產生，形成了前所未有的誘惑和壓迫。

三、不可否認，整個中國文學缺少自由、寬鬆的想像與創造的社會生態環境。

如此等等，這就構成了今日中國文學上升、發展、創造的瓶頸。然而，我在這兒真正想說的是，在這個時

代，中國作家確實在寫作中存在着種種的障礙、瓶頸和不可能。但也必須承認，我們還是遇到了一個近百年來對文學來說創作資源——是創作資源，不是別的——最好、最豐富的時期；遇到了一個半個多世紀以來，寫作生態相對良好、相對寬鬆的緩衝期。可是，在這個寫作環境相對緩衝、寬鬆，而寫作資源絕對豐富的異中國時代，我們為什麼沒能寫出世界上最好、最豐富，也最中國、異中國的作品來？！今日中國和今日的中國式人類，既然早已是世界上獨一無二的國家、民族和中國人，我們為什麼在文學上沒能真正講出、寫出今天——當下真正最獨有的中國故事和中國人物呢？為什麼沒有產生最獨有的中國文學呢？究其原因，除了上述我們說的國情、傳統、文化、現實、審查對作家的約束外，我要說的是作家對審查的自覺和適應，是甘願審查後的不自覺的自審與本能，以及由此而長年形成的作家在適應並習慣審查後失去的對人、現實、歷史、時代的洞察力個人的把握力。換句話說，是中國文學面對現實的卑微和卑微的甘願與本能；是作家正處在一個文學卑微的時代，而還很少有寫作者從那個卑微中真正醒過來。這如同一隻蟻蟲（作家），被汽車（現實）軋過後它還依然活着時，因為活着，也就相信了自己的前路樣；如同一隻鳥雀，從一處天空飛到了另一處天空後，它由此相信，所有的天空就都屬於它的天空樣，包括無邊的海洋和

北極。於是，面對大地，蟻蟲因不知卑微而沒有自己的卑微感；面對宇宙，鳥雀因不知自己的微小也沒有自己的卑微感。而文學，中國的文學，面對今天如此怪誕、龐雜、豐富、獨一無二，時為人類笑柄又時為人類所敬重的異中國的中國式時代與現實和歷史中的中國式人類，中國文學在幾乎失去了把握的可能和能力後，又未知未覺，渾然自得。因此，它也就沒有了那種面對異中國和異時代的文學卑微感。

沒有了作家與文學在現實中的那種卑微感。

中國文學並不為沒有寫出在世界上獨一無二的中國故事而自卑，並不為身處獨一無二的異人類的中國式時代，卻未寫出獨屬於今天異人類的中國人 —— 如當年魯迅到底寫出了一個中國人的「阿Q」—— 而自卑。文學正處於一個異中國的卑微時代，而如我樣的許多作家並未從中醒過來，對於寫作，這不知是好還是壞。因為，未醒來也許恰恰能讓作家講出一個偉大的中國故事來，正如莎士比亞未知自己的偉大才能寫出偉大的作品樣。可畢竟，如莎士比亞的天才是少數之少數，異數中的異數。而更多偉大作家的偉大作品，是在清醒的努力中才可以產生的。由此，回到我自己的文學中，回到我個人的寫作中，那並不值一提的《四書》和剛剛完成的《炸裂志》，在這將近十年的寫作中，我深深的體會到了一個作家面對異中國的歷史和現

實，及最獨有的世界上的中國式人類中的中國人，不能洞察和把握的無能為力；體會到了這一系列的寫作與出版，閱讀與批評，其實是構成了一個作家面對異中國的最中國的中國式故事和中國式人類無能為力的卑微；構成了唐吉訶德與風車無休止的對峙、妥協；再對峙、再妥協的無奈無解之關係。到最後，不是那個作家洞察、把握並戰勝了異中國的中國故事與文學中的當今中國人，也不是風車戰勝了唐吉訶德，而是那個作家和唐吉訶德，戰勝不了自己的生命。是作家自己懷疑自己的寫作在面對異中國的中國故事和中國式人類中的中國人時的藝術價值和藝術之生命。

在西班牙那塊大地上，風，可以無休止地吹；風車，可以無盡止地轉，而唐吉訶德，倘若還活着，他怎麼能不最終耗盡自己的生命和氣力，而交卸給風車和大地？生命在時間面前，就像落葉在秋風和寒冬中；而藝術，在時間和大地面前，就像一個人面對墳墓的美麗。如此，在這兒，在世界各地，在大家最習慣的疑問面前，我總是面帶微笑，誠實而敦厚地說：現在，中國好得多了。真的好得多了。若為三十多年前，你為文學、為藝術，寫了「不該寫」的東西，可能會蹲監、殺頭，妻離子散，家破人亡。而今天，我不是還很好的站在這兒嗎？不是還可以演講、遊覽和與你們一塊說笑、吃飯並談論文學的藝術嗎？但與此同時，我也總是會更清晰地表明，如我樣的那部分的中

國文學和作家，面對異中國的寫作困境，不僅是妥協的將藝術讓位於現實、國家、集體、權力與審查，而更重要的，是我們自己在異中國、異時代中，疏忽了這個龐大、有力的「異」──異中國、異時代和當今中國式人類中的中國人的巨大差異和存在──一句話，我們寫不出偉大的作品來，首先的問題在自己。在自己沒有認識到文學面對這個巨大的異中國、異時代的驚人的卑微；作家沒有從這個異中國的卑微中真正醒過來。

那麼，你不是從卑微中醒了過來嗎？

你不是認識到了文學面對異中國之現實的卑微和存在嗎？

是的。我確實認識到了文學在這個異中國、異時代的驚人的卑微。但這個認識，卻是從近年的寫作開始清晰的。確切說，是年初接了姐姐的那個電話才更為清晰、明確的；甚至說，是這一場演講它才在我的頭腦中更為清晰、條理出了在異中國中文學的卑微這個判斷的。回顧《四書》和《炸裂志》的寫作與出版之艱難，我沒有抱怨，沒有批評，更沒有什麼傾訴。比起我的那些前輩、前輩的中國作家們，現在我為能夠寫作而知足；為能夠寫出自己想寫的作品而欣慰。因為，我清楚的知道，這是一種寫作對卑微的認識，對卑微的認同。更重要的，是我和我的文學，對它在異中國中的卑微開始了主動的認領！希望通過

自覺的認領，可以對卑微有些微的理析，有些微的拯救。並希望通過被拯救的卑微，來拯救自己的寫作；支撐自己的寫作。在這兒，文學的卑微不僅是一種異中國的存在，也還是一種更不一樣的藝術和力量；還是一種作家與文學永生的本身。我開始意識到，在今日之中國——異中國與異時代，應該有作家因為卑微而寫作，為着卑微而寫作；愈寫作愈卑微，愈卑微愈寫作。事情就是這樣——文學因為卑微而存在，卑微為文學的藝術而等待。而我，終於開始成為那個異中國的卑微的自覺認領者！卑微，今後將是我文學的一切，也是我生活的一切。關於我和我所有的文學，都將緣於卑微而生，緣於卑微而在。沒有卑微，就沒有我和我們（我）以後的文學。沒有卑微，就沒有過去、現在和將來那個叫閻連科的人。卑微在他，不僅是一種生命，也還是一種文學的永恆；是他未來人生中生命、文學與藝術的一切。

到這兒，我想起了阿拉伯的《一千零一夜》。在《一千零一夜》中那則著名的「神馬」的故事裏，神馬本來是一架非常普通的木制馬匹，可在那人造木馬的耳後，有一顆小小的木釘，只要將那顆木釘輕輕按下，那木馬就會飛向天空，飛到遠方；飛到任何的地方。現在，我想我的文學與卑微，會不會就是那顆小小的木釘？我的文學，會不會因為這顆木釘就成為能夠帶我飛向天空和任何一個地方的

木馬？我想，關於我和我今後的文學，當我沒有卑微的存在，當我的卑微也一併被人剝奪，那麼，那個木馬就可能真的死了，真的哪也不能去了。所以，我現在不斷地感謝在異中國中文學的卑微。感謝卑微的存在；感謝卑微使我可以不斷地寫作。並感謝因為寫作，而更加養大的那個作家內心那巨大的在異中國、異時代中的卑微之微。那個卑微之微，在這兒超越了生活、寫作、出版、閱讀，尤其遠遠超過了我們說的權令和權規的限制及作家的生存，而成為一個人生命在異中國、異時代的本身；成為一個作家在「異」中寫作的本身。這個異中的卑微之微，它似乎與生俱來，也必將與我終生同在。也因此，它使我從那飛翔的神馬，想到了神馬可至的另外一個遙遠國度的宮殿。

有一天，皇帝帶着一位詩人（作家）去參觀那座迷宮般的宮殿。面對那結構複雜、巍峨壯觀的宮殿，詩人沉吟片刻，吟出了一首短詩。在這首短極的詩裏，包含了宮殿的全部結構、建築、擺設和一切的花草樹木。於是，皇帝大喊一聲：「詩人，你搶走了我的宮殿！」又於是，劊子手手起刀落，結果了這個詩人的性命。就在這則《皇宮的寓言》裏，詩人或作家的生命消失了。可是，這是一則悲劇嗎？不是。絕然不是！這是一齣悲壯的頌歌。它歌頌了詩人的才華、力量和詩人如同宮殿般壯美的天賦。而我們呢？不要說一首短詩，就是一首長詩，一部長篇，一部浩

瀚的巨制，又怎能包含整個宮殿和宮殿中那怕部分的瓦礫和花草呢？

我們的死，不死於一首詩包含了全部的宮殿，而死於一百首詩，都不包含異時代宮殿的片瓦寸草──這就是我們今天的卑微。是文學卑微的結果，是卑微的所獲。所以，我們為異時代的卑微而活着，也為異時代的卑微而寫作，也必將因為異時代的卑微而死亡。而今，我站在這兒，在這個莊重的場合，和諸多的朋友、老師、專家、同行來討論文學，討論文學在異中國、異時代中的卑微，也正是要我和我相似的作家們，從中國現實的「桃花源」中走出來，真正走進異中國的異時代；從異中國的歷史「烏托邦」中走出來，再也不要「采菊東籬下，悠然見南山」；再也不要「不知今夕是何年」，「錯把異鄉當故鄉」。我們要以藝術的力量為力量，以大家對人、文學、世界和人類共同的愛，為唯一的寫作之源；要給卑微以安慰，給卑微以生命之力、之望、之未來，以求卑微可以生存下來，使其既能在異中國、異時代中獨立於宮殿之內，又能自由含笑地走出異時代宮殿的大門；讓詩人既可活在宮殿之內，也可活在宮殿之外；可在邊界之內，也可在邊界之外，從而使他（她）的寫作，盡可能地超越權力，超越國度，超越所有的界限，回歸到人與文學的生命、人性和靈魂之本身；不僅使詩人、作家可以繼續的活着並吟唱；而且使詩

人和作家們相信，卑微既是一種異時代的生存、生命和實在，可也還是一種真正的理想、力量和藝術的永遠；是藝術永久的未來。是藝術之所以為藝術的偉大和永恆。使作家從此在異中國、異時代中認識卑微，甘願卑微，承受卑微，並持久乃至永遠地因為卑微而寫作，為着卑微而寫作。

美國文學這個野孩子

　　美國——給大多中國人的感覺是沒有那麼講理卻又相當強悍。因為強悍，就多講自己的理，少聽別人的理；像一個調皮、單純而又正在青春期的小伙子。因為正在青春期，簡單而淘氣，斷不了在世界各地惹事生非，但他又有些仗義和俠氣。還有一些正義感，遇到不公時，他會兩肋插刀，拔刀相助，顯出英雄平天下的氣概來。當然，遇到那些弱小而又蠻橫無理的，他又會一掌下去要拍死一隻螞蟻、蒼蠅樣，索性讓你從這個世界上消失便斬草除根了。

　　總之說，這個孩子好玩而又有些野。

　　上個世紀的美國文學對中國作家也是這感覺。至少對我就是這感覺。這種感覺是他們的文學如他們的國家樣，因為歷史短暫，去說他們的傳統文化，彷彿一個剛懂事的孩子在說他的前世與今生，少而老成，有些滑稽。紐約的大街上，除了現代的鋼筋水泥和現代氣息濃烈的藝術廣告、展品和商鋪外，還有的，就是人流和車流（可這人流和車流，比起今天的北京，就小巫相遇大巫了），在紐約、

華盛頓、舊金山、西雅圖等等美國大城小鎮上，找不到埃及和希臘的一塊石；找不到倫敦、巴黎、乃至整個歐洲的一塊磚；也沒有古老東方的一粒黃土和一滴水。它就是它——青春年少正當時，哪管他地人和物。

美國文學也是這樣子。俄羅斯文學中偉大的憂傷和悲憫在很多美國文學中大抵煙消雲散了。歐洲文學的精細和謹慎之探求，在美國作家那兒成了有話直說，寧可喚破嗓子流出鮮血來，也不壓着嗓子哼唱一支歌。它讓高喚的大叫和壓抑的呻吟，成了文學高潮的噴口，使得它的文學尤其在二十世紀時的黃金期，連那種叫床的聲音都帶着青春的韻律，回蕩在現代的美國大地上，也回蕩在古老、沉滯的中國大地上。

從中國文壇刮過的美國風

一、我說美國文學是充滿朝氣的野孩子，這感覺來自上世紀中國的八、九十年代。那時中國剛從十年惡夢的文革中醒來，社會百孔千瘡，經濟百廢待興，人們的觀念，左傾而矛盾，守舊而又對西方文明和美國現代文化的開放和發達，充滿着好奇與驚恐，如同今天的北韓人，在一瞬間被丟在歐洲或者美國的大街上：「啊！！——世界原來

是這樣哦！文學原來是這樣哦！」那時候，中國作家長期被禁錮在前蘇聯社會主義現實主義革命文學的籠子裏（今天也未真正掙出來），高爾基如同世界文學的偶像，佔據着很多中國作家內心狹小的空間。就在這時候，有了一個文學的「一唱雄雞天下白，」世界各國偉大的文學作品，洪流滾滾地湧進了中國的書店和讀者的目光中。十九世紀的俄羅斯文學和歐洲法、英、德的老經典，如同挂着拐杖、白髮飄飄的學究老人，讓讀者尊崇和敬仰。二十世紀的拉美文學，以其異鄉別味又和中國的土地、文化、鄉村有着某種暗合的天然之聯繫，被中國作家、讀者所接受。歐洲文學中的意識流和法國新小說，因為中國作家和讀者的似懂非懂，反而讓批評來得更艱辛，讚譽來得更容易，如同我們面前擺着一套大品牌的高貴名衣，既便我們穿在身上不得體、不灑脫，乃至根本不適宜，我們也要把他穿在身上樣──因為它是名牌嘛。它是品牌中的大牌子。我們不能也不敢對它說出「不」字來。比如法國的現代戲劇《等待果陀》（*Waiting for Godot*）和《禿頭歌女》（*The Bald Soprano*）等，諾貝爾獎的名頭和荒誕派的大旗把中國作家驚住了，直到今天中國都沒有上演過貝克特和尤內斯庫（Eugène Ionesco）們的戲劇，讀者或觀眾，也很少有人去讀過他們的劇本或文字，可說起他們的作品和作家

的姓名時，中國作家們都可如數家珍地説出他們舞台上的一二三，人生命運中的一二三。這真是一個可愛的怪現象，彷彿人人都對上帝很熟悉，可又人人都沒見過上帝、也沒讀過《聖經》那本書。

但美國文學就不一樣了。

那時候——中國文學發展那段黃金期，上世紀的八、九十年代間，世界上沒有哪個國家和地區，能像美國文學那樣排山倒海地湧進中國去，泥沙俱下地衝擊着中國作家和讀者。如果以進入和被接受作家的人數、人頭論，單説二十世紀的世界作家們，怕整個歐洲的作家加在一起，都沒有美國作家被中國讀者和作家接受的人頭多。拉美文學聲勢浩大，直到今天都還在深深地影響着中國讀者和作家們。可當真去算有多少位作家走入了中國，被讀者和作家所接受，那比起美國文學就少得有些可憐了。在中國讀者的眼睛裏，當年的馬克吐溫（Mark Twain）、傑克倫敦（Jack London）顯然老派些，是十九世紀的人，可馬克吐溫的幽默和當時中國社會、文化的板着面孔、正襟危坐形成了巨大的反差，讓嚴肅的中國文學明白幽默是可以登入大雅之堂的，是可以經典乃至偉大的。翻譯成中文的傑克倫敦的小説是粗糙的，有力的，狂野到奔放和不羈，然中國作家和讀者，卻從中發現原來寫殘酷、生存、人性和貪婪，是

可以赤裸到讓人物身上一絲一線都不掛。可以把人物的內心和靈魂，血淋淋地挖出來——不是所謂寫出來或者畫出來——擺在讀者面前給人看。

二、「垮掉的一代」——大約或至少，是要徹底地寫出頹廢的生命力；寫出生命中的腐朽、霉爛和連骨頭帶肉在下水道中沉落、腐化、消失的氣味和肌理。吸毒和吸煙樣，性亂和吃飯樣。動手、粗口，如風來葉落、雨來地濕一樣必然和自然。凱魯亞克（Jack Kerouac）、艾倫‧金斯堡（Allen Ginsberg）和威廉‧柏洛茲（William Burroughs）以及他們的《在路上》（*On the Road*）、《鄉鎮與城市》（*The Town and the City*）、《嚎叫》（*Howl*）、《癮君子》（*Junkie*）、《裸體午餐》（*Naked Lunch*）等，那時在中國刮起的閱讀旋風，不僅是文本意義的，更是精神意義的。與其說中國讀者接受他們的是文學，不如說接受他們的是人的生活方式和精神自由學。是他們讓中國的作家和讀者們明白，我們活着是可以不理睬乃至對抗革命的，人生是可以「本來」、「本真」的，可以沒有那麼崇高、疲勞的。因為他們和他們作品的先聲奪人，隨之尼爾‧卡薩迪的《三分之一》（*The First Third*）、喬伊斯‧約翰遜（Joyce Johnson）的《次要角色》（*Minor Characters*）、霍爾姆斯（John Holmes）的《走》（*Go*）、布洛沙德（Chandler Brossard）的《暗夜行者》

（*Who Walk in Darkness*）等，也都隨風而到，成為這股文學龍捲風夾裹的飛沙與走石，被中國人了解或熟知。

三、「迷惘的一代」——沒有那麼多的作家和作品，但這「迷惘的一代」的文學代名詞，卻如一個高尚的名詞被中國文學接受了。上世紀的八、九十年代，中國人從夢中醒來，惺忪懵懂，正不知社會要發展到哪裏去，政治、文化和文學，都充滿了渴望和迷惘，年輕人無所適從，又充滿試圖改變的理想。因此「迷惘的一代」，正契合了那一代人的內心和境遇，高度、精準的描述了一代人的心境和狀態。就是三十年後的今天，那時中國式的所謂的「迷惘的一代」，都已經到了中、老年，但之後他們的弟弟、妹妹及出生在那個時代的孩子們——而今中國人說的「八零後」和「九零後」，每天為就業、工作、工資、房子、車子奔波和惆悵，也同樣是「迷惘的一代。」原來，「迷惘的一代」並沒有那麼多如「垮掉的一代」的《在路上》、《嚎叫》、《裸體午餐》那樣顯明、旗幟的作品留給中國的讀者們，但「迷惘的一代」，遠比「垮掉的一代」品味起來更柔弱、更幽長，更有詩意的傷感及可能之醒悟、明白與成功。「垮掉」是簡單的，絕對的，無可救藥的。但「迷惘」卻是浪漫的、詩意的，可以垮掉也可以重新挺胸站立的。甚至是更為深刻、複雜的。所以，在中國的今天，「垮掉的一代」是作為

作品和行為留存下來的，「迷惘的一代」是作為名詞、旗號和精神留存下來的。在「迷惘的一代」的作家裏，海明威幾乎是獨一無二的作家被中國和世界各地接受着。但在更大、更寬泛的意義上，海明威被人們留存、記憶和接受，還確實是因為他的《老人與海》和《喪鐘為誰而鳴》(*For Whom the Bell Tolls*) 等作品，還有他在作品之上、錦上添花的諾貝爾獎的名頭及他傳奇的人生與故事。對於他，至於説「迷惘的一代」的文學派流和旗號，倒沒有太大意義了。

四、「黑色幽默」——是至今仍在中國流行並時風時浪的派別和作家群。三十年前，美國的作家和作品，各路人馬，悉數到場，趕到中國的文壇，迷亂着中國千千萬萬的讀者們。「黑色幽默」這一脈，也和其他作家與作品前腳後腳，並駕齊驅，乘虛而入，蜂擁而至地如期趕到。海勒 (Joseph Heller) 和他的《第二十二條軍規》(*Catch-22*)，讓中國讀者和作家的狂喜，如同一個有教養的孩子或大家閨秀明白手淫對人體無害樣；明白説出自己有手淫的癖好也沒有什麼了不得，不就是讓黑暗的瘡口開出一朵血殷明亮的鮮花嗎？讓傳統的趣味、歡笑和健康的快樂與幽默，建立在悲傷、無奈、荒謬的基礎上，讓一種絕望也發出滿含眼淚的笑聲來。直到今天，30 幾年過去了，《第二十二條軍規》和海勒都在許多中國作家的書架上，佔

有着那些具有反判和創造力的作家們心靈的一席之地，他和馮內果（Kurt Vonnegut）的《冠軍早餐》（*Breakfast of Champions*）、《第五號屠宰場》（*Slaughterhouse-Five*）以及托馬斯‧品欽（Thomas Pynchon）的《萬有引力之虹》（*Gravity's Rainbow*）和《V》，成為了中國作家談論美國文學時，必然要談論到話資與話題。只可惜，當海勒和馮內果趕往中國時，品欽是作為三駕馬車重要的組成趕去的，可趕去的這三駕馬車上，品欽人到了，其作品沒有隨車帶過去。所以中國讀者並不能真正如了解海勒和馮內果樣了解他。

被閱讀，是需要機遇的。如期而至，你就家喻戶曉，成為經典，但慢了一步，你一樣可以成為經典，但就不一定家喻戶曉了。在這一點，海勒和馮內果就是黑色幽默的喜，品欽就是黑色幽默的悲。至於這一派別的其他作家和作品，如威廉‧蓋迪斯（William Gaddis）的《大小亨》（*J R*）、托馬斯‧伯傑（Thomas Berger）和他的《小巨人》（*Little Big Man*），約翰‧霍克斯（John Hawkes）和《血桔》（*The Blood Oranges*）等，因為沒有趕上那三駕馬車的腳步和車輪，到中國更慢、更晚些，也就只能成為「黑色幽默」這一「血花」的綠葉了。

五、美國獲諾貝爾文學獎的作家們。種種原因，中國是一個對諾貝爾文學獎無限崇尚的國度。因為如美國、法

國這樣的國家，獲得一個諾貝爾文學獎，就像一個聰明的孩子在交上作業後，老師順手發給他一朵小紅花。從 1930 年辛克來·劉易斯（Sinclair Lewis）第一個為美國贏得這個獎，六年後的 1936 年，劇作家尤金·奧尼爾（Eugene O'Neill），再次摘得這一桂冠。1938 年是中國人極其熟悉的賽珍珠（Pearl Buck）；49 年是威廉福克納（William Faulkner）。1954 年，海明威如願以償，終於抹去了福克納獲獎給他帶來的內心的憂傷。1962 年是約翰·斯坦貝克（John Steinbeck），1976 年是索爾·貝婁（Saul Bellow），1978 年是辛格（Isaac Singer），15 年後的 1993 年，是女作家托尼·莫里森（Toni Morrison）。雖然之後的 20 幾年間，美國文學再也沒有拿過這個獎，但在中國人看來，你們還是拿得太多了，像獎是你們家的一棵蘋果樹，想吃了就伸手摘一個。在這百年來的時間內，你們已經有九個獲獎的作家了，如果從 1993 年莫里森獲獎推到諾獎元年的 1901 年，這 90 來年你們有九個文學獎的獲獎人，平均十年就有一個人獲獎的話，那對有三千年文化史和十四億人口的中國來說，你們獲得文學諾獎確實太多了，太為頻繁了。你們有九個，一百多年我們一個都沒有——順便說一句，眾所周知的原因，中國是不把高行健視為自己子民的，是不為他的獲獎怎麼高興的（那時莫言還沒獲獎。半年後中國為莫言獲得這一榮譽高興了），因為中國對諾獎

的酷愛和崇敬，如同中國的足球因為踢不好，中國人反而在絕望中對足球更加熱愛樣。中國人對諾獎作家的喜愛，美國人將無法體會和理解。也因此，美國獲諾獎的作家和作品，進入中國不僅是乘風破浪的，而且是光芒四射的。這九個獲獎的作家，在中國賽珍珠是因為和中國的生活關係而被中國人熟知並津津樂道着，而其他，多是因為作品和獲獎相互作祟而被熟知和著名。而最常被中國小說家和讀者捧在手上、掛在嘴上的是福克納、海明威、索爾·貝婁和辛格與莫里森。尤其前三位，中國讀者、作家、評論家，是把他們視為經典和偉大的。尤金·奧尼爾，在中國的戲劇界，享受着福克納在小說家中享受的榮譽和地位。就這些作家的作品們，如海明威的《老人與海》、《乞力馬扎羅山上的雪》（*The Snows of Kilimanjaro*）、《喪鐘為誰而鳴》、《永別了，武器》（*A Farewell to Arms*）、《太陽依舊升起》（*The Sun Also Rises*）；福克納的《聲音與憤怒》（*The Sound and the Fury*）、《我彌留之際》（*As I Lay Dying*）、《八月之光》（*Light in August*）、《押沙龍、押沙龍》（*Absalom, Absalom!*）等，索爾·貝婁的《洪堡的禮物》（*Humboldt's Gift*）、《赫索格》（*Herzog*）、《雨王漢德森》（*Henderson the Rain King*）以及尤金·奧尼爾的《天邊外》（*Beyond the Horizon*）、《長夜漫漫路迢迢》（*Long Day's Journey into Night*）、《榆樹的欲望》（*Desire Under the Elms*），還

有斯坦貝克的《憤怒的葡萄》（*The Grapes of Wrath*）、辛格的《盧布林的魔術師》（*The Magician of Lublin*）、莫里森的《所羅門之歌》（*Song of Solomon*）等，在三十年前如旋風樣卷過中國文壇和龐大的讀者群，直到今天，那三月野風帶來的令人沉醉的春香味，還留存在中國文壇和中國文學中，還不斷被中國讀者成群結隊或三三兩兩地聞香而去，追蹤尋找着這些作家和作品。他們為美國文學在中國贏得的掌聲，如同上帝為他的教民贏得的讚譽，我想今天或今後，在中國你若從事寫作，倘若不知道福克納和海明威，沒有讀過「海鬍子」的《老人與海》，不知道福克納的《聲音與憤怒》與《我彌留之際》，怕會讓別人以為那是不可思議的，如同登上了遊輪，你還沒有去購買船票樣。

六、持久而有力的獨行者 —— 美國還有很多作家和作品，被中國讀者、作家和批評家們接受、研究，是和派別、旋風沒有關係的，哪怕他在美國是被視為某一潮流、別派的。但他西風勁吹，登陸東方大陸，卻是借了中國門扉洞開的機遇，而非借助了流派的群力和慣勢。他以他自己獨有的個性、美麗和神奇，健步、捷步地走入中國後，就開始風靡一時，勢不可擋，以一己之力，而攻盡天下之城，幾乎征服了中國所有對文學飽含熱情的讀者們，他們的作品，影響了我這一代人，也影響着下一代的讀者和作家們。沙林傑（Jerome Salinger）和他的《麥田捕手》，在

三十年前進入中國時，如同後來美國進入中國的麥當勞，其來勢是溫和的，但普及的速度卻是席捲式或說地毯式樣的。人們的所到之處，沒有人會說他沒有讀過或者不知道《麥田捕手》，宛若今天中國城市的孩子，沒有誰沒有吃過麥當勞或者肯德基。《洛麗塔》（Lolita）和《北回歸線》（Tropic of Cancer），對中國文壇和讀者的突襲、侵擾就沒有那麼溫和了。它們是在沙林傑先到中國之後分別趕去的。當《洛麗塔》以性愛黃色小說出現在中國的書店和街頭時，納博科夫這位俄裔的美國大頭作家，先被封閉、禁錮的中國用好奇、道德的目光所打量，之後就被中國讀者如閱讀英國作家勞倫斯（D. H. Lawrence）的《查泰萊夫人的情人》（Lady Chatterley's Lover）一樣閱讀着、私議着，也被深深地迷惑和了解着。至於把納博科夫視為最有意味的俄籍英語經典作家，那已經是許多年以後的事情了。但米勒和他的《北回歸線》，在九十年代初去往中國時，和《洛麗塔》的去往是有着微妙而鮮明差別的。中國那塊古老的土地，一向是對性和性事噤若寒蟬而又心嚮往之的。一方面，自古就說「飽食思欲淫」；另一方面，又視性事若禍水。所以，《洛麗塔》在相當一段時間是不被視為「嚴肅文學」的。然而，中國人又長期飽受政治的壓抑和謊言之欺滿，對禁書的熱愛和情趣，在很長時間都超越世界上所有的文學獎。也因此，對前蘇聯的索贊尼辛、巴斯特納克和

離開捷克的昆德拉，也才會有一種敬若神明的偉大感，以為他們才是他們國家的良知和鏡子，有着一顆上帝的心。也因此，當《北回歸線》上印着當年無法在美國出版，但二戰中美國士兵在前線幾乎人人都偷偷看它時，説士兵們在發電報的電文都抄寫《北回歸線》的句子時，那麼米勒在到往中國後，自然就比納博科夫多着幾分天然的「崇高」和神秘了。至於説納博科夫和米勒是不是「黑色幽默」派，都已經顯得特別不重要。他們的作品和作家本人的命運、故事之神奇和神秘，早已冲去了流派的印跡。他們那種獨來獨往、我行我素，我要這樣寫作，哪管被人説道的倔強和獨立性，早已蓋過派別對他們的重要性。還有早去和後到的費茲傑羅（Francis Fitzgerald）和厄普代克（John Updike），他們是在中國始終沒有讓讀者熱衷起來的人。《大亨小傳》，從來都是以偉大經典的面目出現着，可中國讀者卻始終對它的這種偉大保持着相當矜持和距離感。厄普代克的《兔子三部曲》（Rabbit series）進入中國時，是趕上中國文學熱潮的，可惜那時中國讀者對文學「新與奇」的熱愛，遠遠大於對「實與老」的愛好。再後來，還有因為日本作家村上春樹對美國作家卡波特（Truman Capote）和所謂極簡主義的雷蒙德・卡佛的喜愛，所引帶起來的中國讀者對《蒂凡尼的早餐》（Breakfast at Tiffany's）、《冷血》（In Cold Blood）及卡佛系列短篇小説的閱讀熱，但比起往

日美國作家在中國刮起的文學風，都有些大河與支流的感覺了。

說到今天的菲利普‧羅斯（Philip Roth）和保羅‧奧斯特（Paul Auster），他們都是美國的好作家，都有不少的小說翻譯到中國去，但比起往日接受與閱讀的盛況，真的是有些日落西山、今不如夕了。這不是他們寫作的原因，而是他們的寫作脫軌於中國讀者對美國文學預期和想像；還因為今天的中國，已經不再是一個對精神、文化、文學和閱讀，有着一種崇敬之心的國度了。

美國文學的野孩子形象

毫無疑問，美國文學是豐富的、複雜的，任何一種試圖把豐富的美國文學歸結為某一類形象的努力都是簡單的、武斷的。在浩瀚如海的美國文學中，我所閱讀過的僅只是九牛一毛，沙漠拾粒。比如 1823 年庫珀（James Cooper）的《拓荒者》（*The Pioneers*）的開創性，斯托夫人（Harriet Stowe）1852 年出版的《湯姆叔叔的小屋》（*Uncle Tom's Cabin*）悠悠長河的歷史性，霍桑（Nathaniel Hawthorne）《紅字》（*The Scarlet Letter: A Romance*）的浪漫和批判，德萊賽《嘉莉妹妹》（*Sister Carrie*）的廣闊抒情性。梅爾維爾（Herman Melville）《白鯨記》（*Moby*

Dick）的寓意和象徵性。當然，還有歐亨利（O. Henry）給全世界讀者、作家提供的「故事法」。諸如此類，這些那些，當美國小說進入二十世紀的旺盛黃金期，尤其在第二次世界大戰後，流派叢生，作家群蜂，隨着美國政治、經濟、文化的開放和盛業，那個文學野孩子的形象終於開始產生並迅速成長起來了。「迷惘的一代」因為迷惘而徘徊，因為徘徊而曠野，加之海明威個人生活的無羈和剛性，對中國讀者來說，讓這一「野孩子」的形象開始有了雛形和輪廓，乃至到了「垮掉的一代」的故事、敍述、人物和作家本人們的行為——他們赤裸的靈魂要衝破一切束縛的力量；他們我行我素、獨立自由、放蕩放逐、甘願沉淪的快樂，黑暗中人性因自由而綻放着野亮的芒光。「黑色幽默」中的海勒、馮內果、品欽和與這一群既遠又近的納博科夫和米勒等，他們的寫作，各有所異，大異微同，但必須承認，在他們最有代表意義的作品中，《老人與海》、《在路上》、《嚎叫》、《第二十二條軍規》、《冠軍早餐》、《第五號屠宰場》、《北回歸線》、《南回歸線》（*Tropic of Capricorn*）。凡此等等，不一而足，無不張揚着人與時代、環境劇烈的矛盾和人在這種環境中自由而獨立的放野和推翻一切成見與秩序的本性。就連《麥田捕手》這樣年少、溫和的小說，彰顯的也是對秩序的反感與反抗。正是這種反感的反抗，也才使沙林傑因為那麼一次並不複雜的寫作，構成了

世界性認同的閱讀。尤其在中國，讀者和作家對《麥田捕手》的喜愛，並不是因為作為二十世紀的作家，沙林傑對文學寫作本身有多少修正和補充，給後來者提供了怎樣的寫作滋養和成長中的奶粉與麵包，而是他寫出了中學生霍爾頓‧考爾菲德（Holden Caulfield），對秩序的反感和抵抗。

中國讀者在把《麥田捕手》視作一流作品還是三流時，是頗費猶豫的。視它為一流，是因為作者那麼抒情、詩意地寫了那個人物和故事，表達了中國人極度渴望的反抗與自由。視它為三流，是實在從作品中找不到太多該要學習和借鑒的「寫作法」。在六十年間的前三十年，把中國文學放在世界文學中去考查時，就是一片空白和荒野，是一張認真胡寫、但卻沒能留下字跡的白紙；而稍後的三十年，是中國文學急劇變化、汲取和成形與獨立的三十年，因為急劇的變化和汲取，就要求進入中國的作品不能傳統如十八、十九世紀樣，敘述一個好故事，塑造一把好形象，揭示一個廣闊複雜的社會和生存環境就是好小說，就是偉大小說了。這時的中國讀者們，還需要在你的作品中看到作家本人完全鮮明、獨立的個性與姿態──你是怎麼寫。正是因為這，中國讀者在評斷沙林傑是一流還是三流時，有些沒有主張了，猶豫不解了。但在上述我們提到的其他作家時，就沒有這種猶豫了。

因為其他這一時期的美國作家們，他們不光寫作的內容、故事、人物「野」，而且他們的語言、敘述及思維方法也是「野」。在「寫什麼」和「怎麼寫」的問題糾結上，他們似乎用一個「野」字統一起來了——儘管他們彼此「野」與「野」的不同，千變萬化，個性獨立，但都有一種相對傳統、古板和束縛的「野性」、「野狂」、「野亂」、「野莽」與「野蠻」的思維和方法在其中。

　　更為重要的，讓中國讀者對這些「野孩子」作品和作家接受、着迷的，還因為在隨同這些作品遠渡重洋到中國的資訊中，大多作家的個人生活，也似乎都是這樣或多或少如小說故事樣——尤其「垮掉派」和「迷惘派」的作家們，他們的個人生活在中國和他們的作品構成了統一和同一的想像性。就連早時的費茲傑羅，出身貧寒，奢望高貴與富裕，所以他寫了《大亨小傳》；所以他沉醉於酒食徵逐，最終為此而猝死。後來的海明威，一向以野性、剛性的「男人」而著稱，所以他的小說「男漢高大，失敗也是一種勝利。」凱魯亞克就是「在路上」才寫了《在路上》，個人生活的不羈在一定程度上，讓讀者對他的迷戀遠遠超過了對小說人物迪恩・莫里亞蒂所做的一切。金斯堡與其說讓讀者聽到了《嚎叫》「狂放的嘶鳴」，倒不如說是《嚎叫》讓讀者聽到了金斯堡在那個時代「嘶鳴的狂放」。《洛麗塔》寫一個教授（中國的知識分子哦）和十三歲少女的

曖昧情長，這是多麼能夠喚醒中國人內心最深藏的那一絲淫野的萌動。當《北回歸線》說出「這是劈臉啐向藝術的一口痰，踹向上帝、人類、時間、愛情、美麗褲襠裏的一腳」時，米勒是替中國人對虛偽、道德、倫理、權力、秩序、封建和傳統及現行的政治、文化、精神的壓抑喚了一嗓、罵了一嘴，又踢了一腳的。至再後的《蒂芙尼的早餐》中，戈萊特麗（Holly Golightly）對物質的嚮往和信任，也正契合着今天中國新一代的讀者和年輕人，對錢與物的信任與崇敬。戈萊特麗可以那樣行事和作為，可以大膽地表白她對錢財、珠寶的愛，也同樣讓中國讀者感到「野得自由和可愛」。而卡波特個人生活對天性、本性的尊重與尊崇，又哪兒不是戈萊特麗的言行與表露。

到這兒，這一鮮明的美國文學「野孩子」的形象已經完成了。在中國讀者那兒，它絕然不是一部或者幾部作品完成的，不是一個作家或一群作家或哪個流派完成的。它是由幾代作家和無數的作品共同努力塑造出來的。如同十八、十九世紀俄羅斯文學偉大的悲憫和愛，法國和歐洲文學在現實主義中的社會批判性，拉美文想中的奇幻性和現實性。而美國文學在這一時期，就是「野的創造性」。就是一個國家、一個民族、一段偉大的文學時期共同提供的一個「可愛可敬的野孩子」。

這個「野孩子」，從文學意義上說，是一種「被解放的獨立與創造」；從社會學上說，是文學中張揚的美國的「自由精神」和人的獨立性。之所以這一「野孩子」文學的共同形象，在中國如此的大行其道，廣受歡迎，正是因為中國的歷史和現實，太缺乏這種文學的野性和人在現實中的自由性。而「野孩子」的自由生活、自由生存，奮鬥自由乃至沉淪自由，也正契合着過去、今天和未來中國人──讀者對「野」和自由的渴望。這也就不用擔心，美國文學會在中國如法國新小說樣迅速地被愛和快速地被拋棄，彷彿季節流行的巴黎時裝的名牌，必然會隨着季節的更替而時過境遷樣。但需要擔心的是，「野孩子的自由」，成為中國讀者對美國文學的固有想像時，其他好的小說在這一想像脫軌後，新的偉大的小說會有不該有的冷遇和慢待，比如喬納森・弗蘭岑（Jonathan Franzen）的《自由》（*Freedom*）和《糾正》（*The Corrections*），就在這讀者冷遇和慢待的序列裏。

影響的寬廣有餘而深度不足之遺憾

　　以國度和地區論，沒有一個國家和地區的文學能像美國文學樣，有那麼多作家、那麼長時間地在中國有着那麼廣泛的讀者和影響。可惜的是──希望我的感受、判斷

是錯誤的——也應該看到和承認，在眾多的美國作家和作品中，還沒有一個作家能如托爾斯泰和雨果、巴爾札克（Honoré de Balzac）那麼長遠、深刻地影響着中國讀者和作家在文學中對人與社會的認識和推敲；沒有一個美國作家可以像杜斯妥也夫斯基那樣，帶領着中國作家的筆與心，真正走進人的靈魂中；沒有一部美國作品可以如《變形記》（*The Metamorphosis*）和《城堡》樣，讓人深切的體會到人在人和社會中的境遇是那麼孤獨和無助，寂寞和絕望；像《百年孤寂》樣，不僅影響讀者對文學本身的認識，也改變着作家文學的思維和寫作方法論的變化。這也包括中國作家最崇敬的福克納，就對中國的讀者和作家寫作言，都沒有達到那種影響的深度和根本性。為什麼美國文學在中國文壇影響甚廣，而深度的影響和改變卻又有所不足呢？問題出在美國文學還是中國讀者、作家和中國的現實與歷史？這話說來難以道明，又無尾聲，希望我在另外一篇文章中可以專門討論和說清它，但簡單說來，與 1989 年的 64 學潮有着直接的聯繫，不過這是超越文學了另外的問題了。

我對禁書和爭論的幾點看法

　　中國有句流行的話是：「雪夜讀禁書，人生一快事。」由此可以想到禁書給讀者帶來的某種滿足感，一如被鎖在箱子中的糖，在寂靜無人中漫溢出來的那種甜。今天無論到哪兒，大家都會介紹我說：「這是來自中國最受爭議、禁書最多的作家。」對這種介紹我不置可否 —— 我想沒有貶意在其中，但也並不會太多體會到那種藝術的褒。作家應該始終清醒：禁不等同於藝術。它有時和勇氣、無畏有太多牽扯。而勇氣和無畏，並不是藝術的不二法門。儘管我們可以理解歌德那樣的話 ——「沒有勇氣就沒有藝術！」把這話延宕開來，可以說是沒有勇氣，就沒有藝術的開創性創造。然而，讀者大多卻是把禁書和爭論僅僅停留在勇氣的層面去理解感悟的，尤其對來自中國的作家和前蘇聯的作家與作品，還有其他我們說的「第三世界」的作家和作品。

禁書不等於是好書

眾所周知，世界上有無數作家都曾遭過禁，如被人們掛在嘴上的索贊尼辛、巴斯特納克、納博科夫、勞倫斯、博爾赫斯、略薩、米勒、昆德拉、魯西迪（Ahmed Rushdie）和帕慕克（Orhan Pamuk）、卡達萊（Ismail Kadare）等等，這是一長串的沒有尾聲的名字。如果我們站在圖書館中，或者打開電腦的某一頁面，這串名字還可以如凱旋歸來的馬隊，前至古人，後至來者，成千上萬，無計其數。但之所以大家僅能記起這個隊伍中的少數人，是因為他們不僅遭禁，而且還寫出了被禁而偉大的作品。而其餘那些——那些為言論自由有着巨大付出乃至犧牲生命的作家和作品，我們必須真誠地表達對他們為其民族、國家和人類的開放、進步、自由、民主、平等所付出的犧牲的敬意。但當我們把這些作家和作品納入藝術範疇去論談時，也必須殘酷的承認，我們——是我，仍然沒有記住他們，這除了我該死的記憶，該為此負責的，大約還有他們寫下的作品。

有時，藝術是絕然殘酷的，如同時間不會因為人的貴賤而對誰把一天拉長到三十六小時或者四十八小時，藝術也不會因為你在某一國度、某一環境和時代受到的政

治、權力對你的壓迫而在成就的天平上，多放一個重量的砝碼。就是放上去，有一天時間覺得不夠公平和得體時，還會在另外一天悄悄把這個砝碼拿下來。今天，就中國而言，幾乎每年都有幾本、幾十本出版被禁和被審查後禁止出版的書。對此，我們一方面，深深厭惡這樣的出版制度和審查，甘願為消除這種審查去做各樣的犧牲和努力；另一方面，我們也不能因為這些作品審查並被禁，就把好作品的桂冠擺到那些作品的封面上，戴到那些作家的頭上去。我知道，今天的中國作家，離開了那塊土地後，到西方，到美國，都喜歡對聽眾和媒體說，他（她）在那個國家是備受爭議的，他（她）的書被批判、被爭論、被刪改、被禁止出版等等和云云，因為這樣西方和媒體才會對他和她的作品引起關注和重視。但請這些可敬的朋友原諒我，在這兒，我想說的是——禁和爭論是一種中國審查的污垢，是西方對中國最直切的關注口，但它並不等同於就是一部藝術成就高的好作品和好作品的尺度與標準。早些年，中國有作家曾經願意用十萬元人民幣賄賂中國的出版機構來把他的小說禁掉、批判掉，這可笑的一例，就說明禁是被關注的門眼而非藝術的標高了。也因此，當我每到一地，都說我是中國最受爭論、禁書最多的作家時，我只

能沉默，既感受不到榮譽，也沒有什麼不快，只能把這種介紹當做不相適宜的一道禮節，如你們和熟人相遇時，伸出臉面親吻而對方卻伸過去一隻要握的手。

實在說，西方讀者對我的熟知是從我的禁書《為人民服務》開始的，無論你們怎樣評價這部書，我並不以為它在我的創作中有多麼了不得。它只是我人生和寫作中一道鮮明的痕跡、事件和記憶，而並非一部上好的頭等小說。如果你以為它好了，那就更應該 ── 有機會去讀我的另外一部小說《堅硬如水》。你們喜歡《堅硬如水》，我會很高興，但對《為人民服務》評價過高，我也就只能會心一笑、而心存感激吧。還有 1994 年我在中國被禁的《夏日落》，它只在中國的軍事文學和寫實作品中有意義，但擴大範圍就意義削減了。且範圍逾大，它的意義會愈加模糊和被削減。在禁書中，我希望大家去看我的《丁莊夢》和《四書》，而不是前兩部。而在評論我的作品時，我僅僅希望你們把我當成一個作家，而非「最受爭議」和「禁書最多」的作家去看待。

我一生的努力，只是希望寫出好作品，當一個好作家，而非要成為「禁書最多和在中國最受爭議」的作家。

在中國的寫作環境中，
終生寫作而無爭議是值得懷疑的

　　無論中國作家在國外怎麼講，有的人一口謊言，稱中國的新聞出版是寬鬆的、自由的，有「中國特色」的。還有的人，過度誇大中國在審查中的黑暗和森嚴，乃至為了自己被關注，在國內如沐春風，在國外則一口一個被「爭論」和「被刪、被改、被禁止」。必須承認，中國的出版審查在 1978 年前後是個分水嶺。那之前，在寫作和出版的自由上，是頗有白色恐怖的，是有嚴格政治規範的，超過了這個規範必然會實行「文字獄」（今天也時時會這樣），蹲監和人頭落地是常有的事。比如我所在學校的張志新，因為在 1968 年要堅持說出真話來，就被革命者斷舌和割喉。類似這樣滅絕人性、慘不忍睹的事件，在十年文革中比比皆是，令人髮指。但在 1978 年之後，中國實行改革開放，經濟上門扉四開，而政治上則半關半閉。尤其表現在言論和出版自由上，比起西方、外界的言論自由來，中國就是把兩扇關閉的窗戶推開一扇來，且這一扇推開的窗櫺，也是時緊時鬆的，忽而推得窗縫寬一些，忽而又收緊到蝴蝶與蚊蟲皆都不可飛過去。但相比前 30 年的封閉和革命之「專政」，這時緊時鬆的一扇窗，已經讓中國的知識分子和作家有空氣可以呼吸了，已經可以時常感受新鮮空氣

的美和順暢了——我們的問題正是在這兒——因為有一股新鮮空氣從窗縫透進去，在寫作上作家的呼吸與生存，可借助這一縫窗隙的空氣，在四壁高築的牆內載歌載舞了。所以，對外面的藍天、白雲、河流和寬闊的草地，也就不再謀求了。正是為此，我以為在中國現有的政治環境、文化生態和現實捆束中寫作的作家，一生的寫作，從內容到形式，從來沒有被人詬病和爭論——不要說被禁止——那是多麼值得懷疑的事。

我曾經到過某個在中國享有盛名的作家家裏去，他一生著作等身，在中國幾乎拿了所有的政府獎：茅盾獎、魯迅獎、散文獎、小說獎、舞台節目獎和電影的什麼獎。雖然他著作等身，可那些獎狀和用各種木頭、玻璃、金屬製成的獲獎證，加在一塊卻比他的著作還要高。那些閃光發亮的獎證和獎盃，一個櫃子都擺不下。他一生的寫作都在榮譽中，爭論和批評，幾乎與他是不會到來的風雨和沒有四季而常年溫暖的花房的事。望着他因自己一生的寫作榮譽而滿面得意、善意的笑，望着那些獎證和獎盃，不免會使我們內心有一種悲寒生上來。

被禁和被批判，當然不是好事情。因為禁與批判並不能證明你寫出了好作品。應該說，在中國複雜、殘酷的現實境遇裏，被禁和被批判，不是最藝術，至少還是可敬的，它在證明着作家為人的勇氣和人格。而一個作家一生

沒有遇到過批評和爭論，在只有一扇窗戶忽開忽關的政治抽風般環境中，終生榮譽與獲獎，那就不僅是值得懷疑的，而且是有幾分可憐和可悲的。

中國文壇可以比若有一個圈，這個圈裏關了很多羊。而羊圈的門居然開着一條縫，但那門上還是繫有鎖鏈的。在這種情況下，圈裏的羊有四種選擇：一是安靜老實地守在圈裏，等待着主人的表揚和餵養；二是暴躁莽撞，為了衝出圈籠，不斷地用頭和身子去撞那圈門和圈牆——這暴躁莽撞的羊，它的命運和結果我們是可以想像的。第三種，因為那羊圈的門留有一條縫，狡猾而自私的羊就有了縮身術，想離開時把自己變成「小人」出去了，去自由、呼吸、觀光了，回來後就又正襟危坐、如魚得水了。第四種羊，它是坦蕩的、剛直的、真實的，它想要走出羊圈去，但決不會去學縮身術，它用它的勇氣和智慧，用它的犄角和行動，想方設法讓主人把圈門打開來；用自己的方法和力量，去把那圈門打開來。同樣都是羊，第一種羊用懦弱贏來被餵養；第二種用急躁贏來鞭打和辱罵；第三種，用自私、虛偽贏來它內外生存的風調和雨順；第四種，用行動、智慧和勇氣，為自己、也為別人爭取那自由大開的門、永不關閉的門。在一個羊圈完全沒門或圈門鎖死到連一隙門縫也沒有留下時，我們敬重那用頭和身子

去撞牆的羊；在羊圈開有半隙門縫時，我會投票給那用勇氣、智慧和行動爭取把圈門自由打開的羊。

換句話說，在這寫作與審查的縫隙只有半開的現實環境中，中國作家一生的寫作沒有爭議是值得懷疑的；但一生的寫作，部部爭議，篇篇被禁也是值得懷疑的。寧做那種莽撞、急躁的羊，而不做那種溫順、懦弱而被主子餵養的羊；把寫作的信念鎖定在爭取圈門自由洞開的向位上，而不是只有自己進出自由的縮身理想上。寧為圈門洞開死，而不為縮身進出活。如果做不到，也要看得到；如果看不到，也要聽到從那半隙門縫進來的風雨和從門縫外面走過去的腳步和笑容。如果這些我們都無法做到、看到、聽到時，那就讓我們為那些用頭撞牆的羊和為爭取圈門自由洞開而行動、犧牲的羊們送去我們沉默的敬重和鞠躬。

關注那些不允許關注的，
需要作家有更高的藝術造詣和創造性

在禁和爭議、批判的議題上，我們總是會把目光過分集中地擱在所謂敏感和現實的內容上。這是一個誤區，乃至是一個有正義和勇氣的作家與知識分子的陷阱。一個作家的作品沒有藝術價值，如同一個畫家去畫畫時，沒有

顏料與筆法，只用他的畫筆去蘸那清白的水；或者有太多太雜而激烈的顏料，又不知該用哪種顏料、怎樣用那顏料去，就索性把那些顏料堆在、倒在那些畫布上。顏料是足夠刺眼的，但藝術和方法，卻在那刺目的顏料中間消失了。

把顏料和使用顏料的方法分開是錯誤的。

把內容和藝術的方式分開也是錯誤的。

一個農民在謀求最大收穫時，他總會選取最好的種子和土地，用最精細的耕作方法去耕耘。沒有一個巧把式的農民在種地的時候不流汗。沒有一塊有較大收穫的莊稼地，在耕種的過程中是沒有方法的，不講究過程藝術的。「巧把式」，是土地最好的藝術家。而所謂敏感、現實的內容與故事，則需要更為精準、考究、獨有的藝術與方法，如同更為特別、肥沃的土地在耕種時，更為需要「巧把式」的種植和作業，不然就等同毫無種植藝術的莽漢去那兒撒種子，他會把草籽和種子一塊撒下去，結果在一片肥沃的綠茂裏，長出一片豐景風光後，莊稼被野草吃掉了，甜果被瘋葉吞沒了。既是那兒有一片好景色，也不過是一片狂花和野草。

現實或歷史──那被意識形態和文藝政策明文規定不可觸碰的「敏感地帶」，大多作家採用的方法是繞道而行或「擦邊球」的觸及，在政策允許和可容忍的範圍內，進行寫作或創造。如此的久而久之，那最現實和最真實的歷史，

就留給了那些被世俗視為「犯傻」的作家們（當然還有那些過份聰明、算計，要借「敏感」一舉成名的人），他們以自己的正直和良知，去冒犯政策、政治和意識形態，去書寫那些被政府要從文字中「刪去記憶」的歷史和歷史中的人與事、人與物、人與情感及靈魂。但被忽略的一個問題是，當作家用文學去探求那些不允許被探求的現實和歷史真相時，他們往往會被正直和勇氣所左右；往往使事實的真相成為壓倒一切的主宰，內心的澎湃與無可遏止的激情，掩蓋了這時藝術的必須，忽略了真相並不等於藝術那樣一個常識和道理。

中國並不十分缺乏正直和富有勇氣的作家。1949 年之後，那些被規定為「禁區」的歷史與真實，如對第二次世界大戰中誰在抗日、誰在為權力內鬥的真相探尋，對解放後一系列革命運動深層的追問，反「右」中對知識分子白色恐怖的迫害，大躍進、大煉鋼鐵和所謂「三年自然災害」慘絕人寰的饑荒，十年「文革」的紅色災難以及 1989 年那場學生運動的來龍去脈與即將被徹底忘卻的結局，如此等等，幾乎都有作家的正義、勇氣去涉獵、掃描和動心動情的書寫，但無論如何，我們既沒有《古拉格群島》那樣偉大的非虛構作品，也沒有《齊瓦哥醫生》那樣優秀的虛構小說。中國在第二次世界大戰中死去的人數為 2 千萬，而文學，既沒有如西方那樣一批又一批為戰爭和所有

生命的反省之作，也沒有一部對戰爭中平民消失的真正充滿情感的憐憫之作。而幾乎所有的文學藝術之呈現，都是一種對黨派、戰爭和英雄的頌歌。著名的「南京大屠殺」，近期開始有電影的介入，而那電影中對傳奇、票房和國際獎項的追愛，遠遠大過了對戰爭的思考和對人的生命的悲憫。關於「反右」和三年自然災害，有作家寫出了《夾邊溝記事》和《定西孤兒院》那樣兩本記實小說來，其作家的良知和勇氣，非常值得包括我在內的所有中國作家的跪拜和叩首，但無論是作為記實還是作為小說，那兩本書中所留卜的藝術缺憾，想來也讓人心痛和追悔。為什麼會是這樣的結局？原因極簡單，就是中國第一流、最有藝術才華和創造性的作家，一般說來，也都是這個社會的既得利益者，他們聰慧到寧可繞道而行，也不去觸碰那些不允許觸碰的歷史和現實、真實和真相。他們大多都被收編到了「組織內」的行列裏，而有這種良知和勇氣的作家們，因為造詣、創造力和對文學藝術的認知力，還並不能真正從藝術上——從藝術的本身去駕馭和把握那沉重、巨大的真相和歷史。也因此，在今天，在我們要去面對那些「不允許」和「禁區」的寫作時，我們要拷問、追究的，不僅是我們正直、純粹的高度，還要疑懷自己對此把握和創造的能力。面對那些「不允許」，作家可能寫出被爭論和禁止的書籍時，是需要比「被允許」的內容、題材、故事有更高

的藝術修養和創造性。這種藝術性和創造性，不是為了用藝術去逃避審查和責難，不是為了回避、抵擋那種「為敏感而敏感」的苛刻說道與留下諸多粗糙的遺憾而讓讀者詬病的預防，而是更敏銳的題材，需要有更具創造性的藝術去匹配；是為了告訴讀者一個簡單的事實：在諸多作家都在「允許」中進行「安全的藝術」創作時，少數正直的作家走進「不允許」的現實和歷史區，他不僅是為了他的正直和良知，而且同樣是為了藝術和更藝術，創造和更創造。

被禁止的未必被遺忘，被肯定的未必能存在

如果贊同這種說法：寫作的目的之一，就是為了延伸人和人類的記憶。那麼，作家在時間的河流中漂泊或放排，划船或泅遊，都將只能從時間的中途進入或終止。河流的長度總是遠遠寬於、長於我們這些泅遊和放排者的生命之始末。作家寫作的生命與時間，都只能是那河流的一段、一部分。如此着，最終來衡量作家作品的意義——它們延長沒延長人和人類的情感與物事之記憶；它們延長的那些記憶對人類有多大的意味，不是作家和當下說了算，而是要靠河流、時間和未來做裁定。

在這承載着無數記憶的河流上，寫照着如下一句話——

被禁止的未必被遺忘，被肯定的未必能存在。

禁止是為了遺忘，肯定是為了存在。這是所有國家對文學進行非藝術行政干預的目的。中國的偉大經典《紅樓夢》，最初是被皇權視為淫書禁止的，但《紅樓夢》中所延伸的那個時代人的情感的記憶、靈魂的記憶與中國方塊字偉大魅力的記憶，卻在時間的河流上，漂漂蕩蕩地走來，也必將顯顯赫赫地走去。《金瓶梅》這部偉大的小說，直到今天也不能在中國開禁與印刷，但幾乎所有的文人家庭裏，又都有着來自開放區域台灣、香港乃至澳門的印刷和承傳。連《肉蒲團》那樣一部藝術上簡單、簡陋的明清小說，也反而因禁而被後人閱讀與研究。反之，中國有太多的「紅色經典」，每年都被宣傳和再版，被教育部門的文件強硬地規定在「必讀」之行列，而實質上，這些書籍除了文學史的史意外，怕是離社會的「自然閱讀」在漸行漸遠着。可以設想某些「紅色經典」在一個時代的「紅光」，到了社會發展到另外一個階段而變得黯然無光而乏人問津那境況，如同可以設想《紅樓夢》在走出禁書之後的經典和被經典、傳世和被傳世的盛況盛景樣。

當然，把被禁止未必被遺忘，被肯定未必就存在的語意反過來，也還可以說，被禁止未必就傳世，被肯定也未

必不久留。黑與白、好與壞、經典與庸常、流傳與終止，都不能被禁止與出版或肯定和否定所左右。但在被批評和肯定的天平上，有個良知的砝碼在某一階段會偏移向被批判的這一邊。這不是寫作的投機和捷徑，這是讀者對正直的敬意，是對寫作信仰的表達，是真理對良知的感謝。但秉有這種良知的作家，僅僅仰仗正直和良知是不夠的。除卻良知，他還必須有更高的藝術追求和創造力；必須要明白，對正直追求的信仰可以保證你一時「被禁止未必被遺忘」，而獨具創造性的藝術和最終對人的魂靈的懷疑、苛問和愛，才會使那「被禁止」成為更長久的記憶和人類靈魂在苦痛中尋找的路標和閱讀之根源。

在選擇唾棄和接受上，我選擇被唾棄的這一邊

幾乎在全世界、各國各地都會用那個最世俗的故事讓當事人去進行最兩難的選擇。即：母親和妻子同時落入激流時，在你只能救出一個人的景況下，你是先救妻子還是救母親。問的人是在這個問題中預設了道德陷阱的，無論先救妻子或者救母親，道德的唾液都將會把你淹死掉。

面對滔滔的河水，如果必須選擇儘快救出一個人——母親或妻子，我會首先救出那個對未來家庭更有意義的人。我對其負責的不僅是妻子或母親，還有那個註定在未

來殘破的家庭和黑暗的來路。如果對殘破家庭和未來的黑暗更有益助的是母親，我就救母親；是妻子，我就救妻子。那被滔滔洪水卷走的，母親或妻子，她若理解我的一番苦意，那是我的靈魂在未來充滿無助和糾結中最大的安慰。若不予理解——哪怕她——母親或妻子，在被洪水沖走前喚出了一聲對我最後的咒罵，那就讓我背着這一聲巨大的咒罵夥同未來一塊活下去，直至老去和死亡。

作品被肯定、作家被頌讚，無論在何樣的國家和社會，倘若不能說這都是作家的喜悅和追求，但也一定不是作家的反對和厭惡。今天中國的現實是，文學所處的環境，恰就到了一個作家需要選定是先救母親還是妻子的關節上。因為在強有力的意識形態和權力面前，市場是可以被權力操控的。權力操控着各種市場的大與小、冷與熱，一如權力可以讓股市暴漲或暴跌樣。讀者（大多數）也是被權力操控的——因為權力數十年都在管理着所有的報紙、電台、電視台和現代通訊中的微博、微信等可以傳播的一切管道（在我在整理這篇演講稿的今天，報紙上公佈了在微博、微信中「造謠」被微博、微信轉播 500 次，「造謠」者即屬違法可拘的國家法律新規定。在中國，有兩億人使用手機這一現代工具，一條新聞被手機轉發 500 次，就像一口水能分出五百、五千、五萬粒水珠一樣簡單和容易。而造謠是應該背負法律責任的。問題是怎麼去區分純

屬「造謠」和誇大；不屬實和完全虛構、擬造呢？又是誰來鑒別這「造謠」和「誇大」，或者不實與基本屬實的在許多時候都相當模糊的界分呢？如果「揭示」、「揭露」的基本屬實屬於造謠，那麼歌頌的虛擬、誇張又是不是造謠呢？）在一切傳播的管道都被管理、管控時，其實讀者（絕大多數）也就被管理、影響、統一了。連民間的娛樂和悲苦也被管理統一了。今天，中國允許你「娛樂至死」，而不許你任意思考的現實；允許你以金錢為信仰，將瘋狂的拜金主義推向聖明的高度，不允許你對信仰的自由選擇和虔敬。如此情況到了文學上，也就有了「允許」和「不允許」。允許你選擇「讀者至上」、「市場第一」、「歡樂萬歲」和「純粹藝術」的追求和「唯美主義」與「純技術主義」，但不允許你選擇「藝術真實的探究」和文學對現實中人的靈魂的不懈追問。頌則褒之，問則遏之。這就形成了兩種態勢，把最複雜、豐富的現實，在無形的權力操控中，分為了幾乎被人人接受的寫作和被眾多唾棄的寫作。在這個切割、分裂的過程中，有時權力是直接介入的，比如幾乎所有文學藝術的評獎和審查。而在更多的時候，則是通過對市場的培育和對人們閱讀趣味以及對作家寫作走向、追求的引導、牽扯完成的。當眾多作家的寫作追求與市場、娛樂和讀者以及被允許的「純文學」、「唯美主義」、「技術主義」、「正能量」都形成一個共同被接受的陣營時，連那

些最有才華、前程、可能寫出偉大作品的作家，也都被界定在「接受」和「允許」的一邊上。而另一邊，就只有少數被唾棄、拋離的作家和讀者。於是，少數作家就被鮮明地拋向了眾多和文學的對立面，被劃定在了「非文學」和被唾棄的一邊上。這時候，那種曖昧、模糊的界定沒有了，就只還有堂堂皇皇的被接受和明明暗暗的被唾棄。於是，作家就成了站在河邊是先救妻子還是先救母親的人。對於作家，無論你是選擇市場或讀者，或是選擇所謂的「純藝術」、「唯美主義」和「正能量」，你都必然跌入那個道德和名利的陷阱裏，都必然成為被唾液淹沒的人。

既然被推向河邊成了必須選擇的人，那就選擇唾棄和讓唾液淹沒吧。

我不僅是選擇母親或妻子，而且是選擇對未來殘破的家庭、家園的補建更有助益的人。

在被接受和唾棄二必其一的過程中，我選擇被唾棄和被唾液淹沒這一邊。

在讀者、市場和「純粹」的藝術、技術都已經被權力整合為被接受、容納的同一陣線時，他們不是彼此共有，而是共贏、共榮與共存，而此外的寫作則成為少數、爭論和被禁止。這一切割、裂分形成後，不是你去選擇，而是你「被」選擇。不是你主動的走向和走去，而是你被選擇後的推向和推去。不是你不想與眾多讀者結合與溝通，而

是眾多的讀者「被培養」、被養成之後被界定，而你的那些讀者則因為界定、劃線成為少數、成為也被眾多口水淹沒的人。格局已經形成，既然是「被」選擇，何不主動去選擇。所以，就讓我站在多數的對立面，站在絕對多數讀者唾棄的角位上，讓來的來，讓去的去，成為一個用筆蘸着現實的鮮血和眾人的唾液而為自己的文學造墓的人。

我的文學之路，必將越走越窄

歲月、年齡、現實和環境，讓我變得虛無、虛妄和沉重。我不再對中國的現實抱有太多變改之理想，也決不指望文學可以對現實改變什麼。唯一期冀的是，我不能改變現實，但希望現實也不要改變我。然而事情的結果往往是，無論我怎樣努力，都幾乎沒有改變過現實；而現實，每天每時都在改變着我，改變着我的文學和文學觀。

幾乎所有的同仁和朋友，都在告訴我說，你的《年月日》、《耙樓天歌》和《日光流年》那一時期的創作太好了，為什麼不繼續那樣寫作呢？我笑笑，很無奈地答：「過了那個村，已經沒了那個店。」為什麼過了那個村就沒了那個店？因為中國的時代不是那個時代了。中國的現實不是那個現實了。屬於我的現實心境也不是那個現實心境了。我們的寫作，總是要隸屬於現實和心境的。是現實改變了我

和我的文學，不是我和我的文學去創造、塑造、改變或固守着我的現實。

　　寫完《日光流年》後，我寫了《堅硬如水》。可《堅硬如水》這部小說，是被審查者認為「紅的黃的都犯忌」，倘若不是出版社的負責人是責編，親自到北京疏通各種管道和關係，那本書早就被禁了。《受活》大家也都說是部了不得的好小說，可我是因為寫了《受活》，被一腳踢出軍隊的。《為人民服務》的寫作和查禁，各種語種出版時，為了銷售也都已經或多或少地把景況寫在了封面、封底上。而關於《丁莊夢》，讀者會說《為人民服務》出了那麼大的事，你為什麼還要去寫《丁莊夢》？這不是頂風作案，想要借機名暴天下嗎？可有誰會明白，我是因為《為人民服務》出事才要去寫《丁莊夢》——因為我想「主動」，想「表現」，想告訴所有的人，我是愛生活、愛現實、愛現實中所有的人。我是因為愛、因為要表現我對現實生活的好，才要那樣去寫作——我以為我在《丁莊夢》的寫作中，最大限度地包容、寬容了現實和歷史，對歷史進行了最大的妥協和讓步，表達了我對現實的熱情和對人的愛。可結果，《丁莊夢》出版之後，這種愛成了我寫作最大的墳墓和滑鐵盧。它不僅被禁了，而且我也被這個社會「認定」、「界定」了，成了最不受「待見」和專門「頂風作案」的人。

關於我的被爭論、被禁止、被界定，可以寫成一本書。但在這個過程中，讓我千思百慮，一天天，一年年，終於悟出一些道理來，那就是——

一是在中國作家中，作品被爭論和禁止，大多不是作家有意而為之，而是無意而為之。不是愛爭論，愛禁止；而是被爭論，被禁止。不是作家需要爭論和禁止，而是這個社會需要爭論和禁止。

二是爭論和被禁，不是好事情，也並非壞事情。它至少表明着你在寫作中還有正直和坦蕩。既然還有些作家的正直和坦蕩，那就把這一絲好的文學品質留下來。因為作家沒有能力改變社會和現實，他們全部寫作的力量都不可能大過檔、政策和公文中的一句閒話及權力者們的一個點頭或搖頭。如此，寫作既然不能改變現實，那就力求現實不要改變作家吧。把這一絲寫作中正直、真實的品質堅持着，留下來。

第三，作家的這一堅持和保留——不希望被改變的結果必然是，他自己把自己領進一道窄門裏，讓作家和社會、環境與眾多的讀者愈來愈隔膜，愈來愈疏遠。因為堅持有時候不僅是堅持，堅持久了就是一種背叛了；保留有時候不僅是保留，保留多了就是反對立場的鞏固了。這樣兒，我漸次地明白：你因為堅持和保留，因為不想被改

變，必將會持續不斷地被爭論、被禁止。如果你仍然在堅持中，但爭論和被禁止卻已經停下了，消失了，那就是因為你無變化，而社會變化進步了。可那是多麼遙遠的事情哦！多麼困難的事情哦！困難到如雞蛋和石頭相撞時，雞蛋完整着，石頭卻破了。

實在說，我並不抱有雞蛋完整、而石頭破碎的幻想，只是希望破碎的雞蛋還有新鮮感，蛋清蛋黃還是鮮豔的，讓閱讀的路人──那部分少數的讀者，不會那麼反感就行了。既然爭論是人家要爭論，禁止是人家要禁止，這些都與你無關；你只是想寫作，想以你對人、世界和文學之認識，寫出好作品；你只是希望強大的社會、盛世的環境、無邊無際的時間不要改變你，只是希望你成為雞蛋破碎時，那蛋清、蛋黃還保有新鮮的顏色和味道──如此罷了，別無他意了。那麼，就從今天開始，請讀者不要再說我是中國最受爭議、禁書最多的作家了。說我是中國作家就行了。說我是一個有些正直並有些獨立個性的作家就夠了。

我的一份文學檢討書

　　我們有一個認識和判斷的習慣：一個人愛另外一個人，我們通常是看他或她為對方做了多少事情與犧牲。這是一種對愛的常識性總結和情感重量之估價，會讓那總結和估價的人，充滿着自慰和意足。但還有另外一種愛，另外一種對愛的估價和總結——因為他（她）對對方愛得過深，深到無法自拔時，他和她並不去回望自己給對方做過什麼事，而是永遠在自責自己哪些事該做時而沒有做，該做得更好而沒做得那麼好。

　　可以聊以自慰的愛，是通常、自然的愛。

　　而永遠讓自己內疚、自責的愛，則是更為深層的愛，是一種苦。是因愛而苦，因苦而愛。

　　對於文學與自己的寫作，我想我對它的愛，是接近這個境地和苦痛的。因為在我獨自靜坐時，獨自在書房發呆時，望着那些自己出版過的作品時，會經常捫心自問說：它們不是垃圾嗎？它們再過五年、十年，或者到了你死亡之後，這些書還會有人去閱讀？因為總是這樣的懷疑和自問，就常常油然而生一種因愛而苦的痛、的恨、的無奈，

常常讓自己失去寫作之信心。因為不斷產生沒有寫好之苦痛、之懊悔，也就不得不慢慢地重新嘗試着一種新的、或自以為新的寫作的開始。

十年前，《受活》出版不到兩個月，中國的一個著名作家買了《受活》在家看了沒幾頁，憤怒地把《受活》撕得粉碎，並罵道：「老子從此這輩子不看他的書！」我不知道《受活》哪兒讓這位我尊敬的同仁這麼火，也不曾記得我自己哪兒曾經得罪過他。也許我在文學上的表達有些荒野、生硬和義無反顧，但在生活中，我大體還是和藹、謹慎的人。因為在寫作中對人和社會有過多的冒犯和得罪，反而在生活中希望對人、對事是有所補償的。可是，我真的回憶不起我哪兒對這憤怒撕書的朋友有過不恭和不慎。於是，就回到《受活》和我的寫作上，開始不懈的總結和回憶，哪兒寫得不夠好，哪兒寫得很不好。也就始於此，我開始時常獨自地問自己、審自己：你是一個說得過去的作家嗎？你寫出一部兩部好的作品沒？你的寫作中到底存在哪些問題呢？一連串的問，如同一個法官拷問一個有着過錯、罪惡的人，終於也就漸漸清晰、明瞭地知道了自己寫作中的許多過錯和遺憾，知道了這種最最重要的錯憾有哪些。

面對豐富、複雜的中國現實，
而自己的寫作總顯得簡單和偏頗

很早時，我說世界上沒有任何一個國家的現實能比中國的現實更為荒誕、複雜和豐富；中國生活中發生的真實故事，幾乎比世界上所有作家的想像都更難以想像、傳奇和經典。那時侯這樣說，還生怕別人議論自己是有幾分嘩眾取寵的人。可現在，幾乎所有的中國作家都這樣認為了。這已經成為一種中國作家的文學想像無奈於生活的真實、豐富、複雜的共識了。

我們怎麼能夠想像收容所中「躲貓貓」的捉迷藏，會使一個大學生的頭碰上牆壁而死呢？怎麼能想像一個收治站在成立不到一年的時間裏，收容老弱病殘一千多人，而非正常死亡率高達 10%，每月都要平均死去上十人？

怎麼能想像中國陝西的「黑磚窯」，長達數年，是用聾啞殘疾人，在高溫 40 幾度的磚窯中出窯背磚呢？

怎麼可以想像不久之前，上海的黃浦江中漂過了一萬多頭農民養大的死豬呢？杭州的河面上，莫名其妙漂過了無計其數的死鴨呢？

怎麼可以想像，某省的高法院長，是中國執法部門的優秀幹部、優秀的反貪局長，可他在因故猝死之後，不說

有上億的資產，卻還有四個都持有結婚證明的合法妻子和六個孩子呢⋯⋯

　　發生一件事情是偶然的。若是十件、二十件奇特事情接連不斷地發生，那麼它們彼此之間就有必然聯繫了。而當這樣聞所難聞、奇之又奇的事情每月、每週或幾乎每天都在那塊土地上發生時，我們就不得不認定，不是某幾件事情的具體問題了，而是那塊土地──中國的現實，出了無人能夠把握和醫治的問題了。

　　經濟是高速發展的，建設是一日千里的，可人和人心的變化也是瘋狂到不可思議的。今天，作家必須看到，中國現實那種充滿朝氣的澎渤和那種澎渤到不可思議的扭曲；必須看到，有股盛世強大的發展力量，正在掩蓋着人的精神被撕裂的焦慮和憂傷。人是活着的，都在各大城市和鄉村，正為金錢、虛妄和美好的未來在忙碌，而人們的靈魂，卻正在朝着黑暗幽深之處墜落和下滑，正朝着死亡奔跑和追趕。就是說，今天是活着的人，卻是死靈魂。面對活人的死靈魂，面對這澎渤而扭曲的現實、荒誕而不可思議的幽暗、傳奇的真實，文學的想像無能為力了。作家對迅速發展和變形的人心與生活，失去應有的把握能力了。

　　簡單說，現實的生活是一片荊棘的新蠻荒，而我們想要踏入這片新蠻荒的雙腳，卻是穿着老舊的草鞋或布鞋。這草鞋與布鞋，不能把我們真正帶入新蠻荒的內部去，不

能讓我們看到新蠻荒中的新發生和新糾結，新矛盾和新塌陷，新的生命力和人的新的狂妄與苦痛。我們因為不敢、也沒能力踏入那中國式新發展的新蠻荒與新的充滿朝氣的荊棘林，也就只能站在這片林地的邊緣、外圍去觀望、欣賞和測猜，但那種來自現實本身的、刻骨銘心的經驗和體驗沒有了。那種刻骨銘心到讓人心靈刺痛的感覺沒有了。因此在我們的寫作中，那種簡單而偏頗的「旁觀者文學」的出現，就再所難免了。

我對撕掉《受活》的朋友是有一陣子心酸的；但對他也是心存感激的。因為是他讓我重新去認識中國的現實與現實中我們的寫作了，是他讓我從《受活》開始，不斷思考現實的荒誕與複雜，而我自己的寫作，相比當下之現實——尤其在自己的小說試圖要根植現實時，才明白自己小說的簡單、簡陋和粗直。我也從此更加關注這位同仁的寫作了——他確實是一個好作家。他的小說中有很多我自己的寫作無法抵達的妙處和境地。而自己一系列和中國的歷史、現實密切相關的小說，如《堅硬如水》、《受活》、《丁莊夢》、《風雅頌》和《四書》等，相對現實的豐富性，則如一棵樹與一片林，一碗水與一條河。到今天，有讀者說在中國作家中，閻連科的小說最具現實意義時，我會有一種羞澀感、自愧弗如感。因為我知道，現實如黃河水樣渾濁與奔騰，而自己的小說，則不過是極淺極淺的一口

井，人伏在井口上，能看見自己的倒影在那水面上。井水清澈是好的，而把黃河寫成一口井或一口井水的清，那就不僅是失敗的，而且是羞愧於生活的，無顏面對文學與現實的。

有人說，閻連科的小說面對現實總有那種焦慮感，有一種閱讀的不安埋在小說中。這時我就不知人家是表揚還是批評了。是一個作家面對荒謬的現實，是該站在現實的對立面去審視、審訊它，還是該身在其中去有一說一、不做任何理性判斷的自然主義的描繪和狀寫。無論你對現實採用怎樣的目光和判斷，但是有一點，我總隱隱感覺到，對現實、對現實中的人和人的精神與靈魂，無論是客觀冷靜的描繪和映照，還是理性正直的判斷和分析，都是簡單的、粗魯的。而像杜斯妥也夫斯基和卡夫卡那樣，無論如何、無論怎樣、在面對人的生命和境遇時，都一味地保持着愛、憐憫和無奈的不安與焦慮，再或像卡繆那樣，對人和現實都保持一種冰寒的距離感，他們都有一個對人和世界偉大的態度。但是，事情到了我，到了中國作家的身上後，那些經驗、態度都有些生不逢時了。因為今天中國的現實，今天中國現實中的人、人心和靈魂，已經不再是十九世紀的俄羅斯，也不是瘋狂擴張時期的歐洲諸國家。和二十世紀的美國也完全不一樣。對於今天中國的現實和現實中的人，批判、諷刺、揭示或一味地悲憫與愛，充滿

熱情的擁抱和保有冰寒的距離，似乎都是簡單的、偏頗的和以偏蓋全的。

從更具體、更深層的角度講，應該對中國現實和現實中的人，保持怎樣恰切的態度，這是我們 —— 中國作家遇到的真正的難題，而不僅僅是大家說的我們失去了對複雜的現實把握的能力。我相信，今天中國出生在五、六十年代的一批作家，從閱歷、閱讀、思考和寫作經驗的歷練，都到了最有能力把握現實、人物、故事、人心的最好時期，而我們今天所真正不能擁有的、失去的，是面對今天如此渾濁、複雜、交錯、荒謬的現實時，我們沒有了面對這些恰準、得體的態度，失去了認識現實的方法和最恰當的立場與距離。

因為用任何過往文學的態度面對今天的中國和現實，都是簡單可笑的，簡陋、粗魯的。

我每天寫作中不安、焦慮的，其實是在寫作中不知該怎樣面對今天的中國和現實。不是沒有故事可寫，不是沒有能力去寫故事，而是沒有恰切的態度去面對豐富、荒謬、奇異的現實和故事；用怎樣的目光、態度、立場去打量和審視這一切。舊有的目光和態度，那怕是偉大的悲憫與愛，我都以為是單純、單一和無奈之後態度與立場的某種妥協和不得已。

獨立性中的軟弱性

年齡大了，漸漸學會了包容。

一如隨着親人生命的失去，自己開始更加理解那些與自己有血緣關係的人——父母和兄弟姐妹身上所有的缺點樣。我經常想，如果我的父親、母親是竊賊，他們也一樣是我的父母親。如果我的哥嫂、姐姐是殺人犯，我可能會為他們去犯包庇罪。

我知道，我不應該苛刻中國別的作家寫得怎麼樣。也沒有資格去苛刻別的作家寫什麼和怎麼寫——因為中國的現實是產生各樣作家最肥沃的土壤——寫的怎樣，怎樣去寫，都有其合理性。但隨着年齡、身體日漸的增加和高弱，我對自己的寫作愈發變得謹慎、膽怯和苛刻。我最苛刻自己的，是作為一個作家寫作的獨立和清醒。因為我知道，自己太容易被權力、金錢和名譽所誘惑。太知道，一個出身貧寒的人，有了一些成功後，最易夭折、跌倒在權力、金錢和榮譽上。

中國的短命皇帝李自成，一生苦戰，而最後敗在自己成功之後的地位和腐敗中。中國的現代詩人郭沫若，才華橫溢，風流倜儻，而最後使他過早才盡的，使他缺少獨立性的人格和對權力與地位的膜拜。中國作家熟悉的美國

作家費茲傑羅、凱魯亞克和卡波特，在我看來，他們的寫作都不缺少獨立性，但在生活中卻有太多的軟弱性。戰勝並奪去他們生命的，是他們面對人生和生活不能抵禦的誘惑和軟弱性。而我的寫作與人生，絲毫不能和這些人相提並論、同日而語，但我的身上，卻正在集合着這些人的地位與生活的腐敗和寫作中被消磨的獨立性與日益增長的軟弱性。

一句話，我的寫作缺少獨立性；而生活中，又有太多軟弱性。

2011 年，我經歷了中國作家在社會發展過程中的獨有的「強拆」事件。是政府和開發商把房子賣給了我，而又是政府以「此房無人居住」為由，所以為違法建築的名譽強以拆除。我曾經為此上書中國最高領導人，曾經試圖以公眾和媒體的力量，做一個抗拆和捍衛人權的人。但最後，是我妥協了，沉默了。這其中，除了權力和員警的力量與恐嚇，使我妥協和沉默的，更大原因是我人格中的軟弱性。

表現在寫作上，自《為人民服務》的事件後，在寫作《丁莊夢》時，我是經過一個嚴格的「自我審查」的。今天大家讀到的《丁莊夢》，可能是一部尚可及格、說得過去的一本書。但只有我知道，我是怎麼自己對自己審查的。

只有我知道，如果沒有對中國審查制度的文學恐懼、寫作警惕和自我審查的約束，《丁莊夢》應該是怎樣的另外一部書。

《風雅頌》的出版與修改，簡直就是一個作家人格缺陷的鏡子和軟弱性的實踐圖。

《四書》是一部沒有出版的書，也是自己有意在無法擺脫他人審查、而一定要擺脫自我審查的一次嘗試與努力。是自己在寫作中讓獨立人格更加完善的修補和生成。中國的寫作與出版，絕對不能簡單說那些每部作品都出版的作家，他們的人格就一定缺少獨立性和太多軟弱性，但就自己的寫作與中國的現實、歷史的關係看，如我這樣的寫作，想出版是要向審查和權力讓步、妥協的；要在自己的獨立的人格中，挖掉一塊、再挖掉一塊的。

我們現在時常可以聽到中國作家在國內、國外說，我們對付審查是自有辦法的，比如說在中國不能談「六四」，那中國網民就說「5月35日」，或「六月的第四天」這是事實，也是幽默和智慧。但更是一種軟弱性和妥協性。是人的獨立性被權力咬掉一塊後自癒的傷口。我不因此為中國人感到有幽默、智慧和驕傲，而只感到獨立性被削弱的心酸；感到人格被自我矮化的無奈。事實上，當一個作家沒有權力、也不爭取在言詞上可以說出「一九八九年六月四日，」而說出「距九零年還差一年的五月三十五日」時，

你已經失去了寫作的獨立性。你已經為你的軟弱性贏來的弱小、安全而感到滿足和滿意，宛若阿Q把藏在心裏的罵，當成自己向社會、對手的反抗和還擊樣。

我為此感到一種悲哀和傷痛。

努力不做那種把「六月四日」說成「五月三十五日」的人。這兒沒有一定要使自己和別人不一樣，只是想，權力可以在自己的獨立性上咬一口，挖一塊，打折一條腿，讓我的獨立性永遠是癱的、瘸的，無法站立的。但是我自己，最好不再用這種軟弱性去養育那癱瘓的獨立性。

說到作家寫作的獨立性，中國作家要深深感謝台灣和香港對大陸出版的彌補與整合。尤其台灣的出版業，對中國文化、文學完整的盡力之存留，一如一個智慧、善良的僧人，對所有乞討者的愛。對中國大陸當代作家那些有價值而不一定真正贏利的文學、尤其那些種種原因無法出版或遭遇刪改的作品，他們幾乎是百分之百的出版和保存。台灣的出版業，對一個民族文本原貌完整性的尊重，如同一個母親對一個個孩子無論醜俊、高矮，或者殘疾的一視同仁和寬厚無邊的愛。這種完整性的出版，對大陸作家寫作的補缺性，也在相當程度上給大陸當代作家寫作的獨立性給予着營養和鈣補。也因此，讓許多作家在寫作中更為開放和自由，在自我審查的環節上，嘗試着自我的解放、自由與抵達——畢竟許多作家，都在這兩岸的出版中間找

到了過河的橋板和路徑，開始在寫作中，以更為自由之心態、想像去抵達藝術真實的最高點 —— 完成寫作之後，把完整的存本交給台港版，把不得不刪改的殘本留給大陸的出版社。這是獨立性中的妥協，卻也是軟弱性中的補缺。所以，相當一部分中國作家和讀者，以及未來歲月中的文化與文學，都是要深深向台、港出版鞠躬的。

尤其我這樣再寫作上獨立性缺欠，而在生活中軟弱性盈餘的人，更是要深深地感謝台灣的出版社和出版人。如果沒有他們出版業對完整文本的尊重，我想我在把自己從自我審查中解放出來的決斷性，就不會是今天這個樣兒的義無反顧和坦蕩，那對於想像和藝術探索的夢想和勇氣，也一定不是今天這副模樣兒。

當然，也要含淚感謝權力讓一個作家在國內出版不容時，允許他在海外的出版和存在。比起三十年前，這也是一種進步和寬容。那時候，一個作家在國內被禁後，而由他自己安排海外之出版，那是要蹲監和殺頭的。現在不會這樣了。包容和寬容這些了。這不僅是一個作家的心血文本得以存留的事，而且是一個作家的人格與獨立性，在失去一條腿腳後，權力容忍他用一隻獨腿或借助拐杖站立起來的事；沒有讓他徹底倒在、跪在軟弱性的跪墊上，朝着權力鞠躬和進香。

因此，在這兒，我也向包容感激、感激、再感激！

有沒有一條最獨有的敍述路徑在筆下

面對浩瀚的文學與經典，有時候，作家最恐懼的事情不是現實的複雜和權力之壓迫，不是讓你寫和不讓你寫，而是你怎麼去寫、你能怎麼寫的事。有一次，我和日本著名的詩人谷川俊太郎在一起——順便說一句，谷川俊太郎幾乎是世界上獨一無二靠寫詩而能在日本把生活過得很好的人，雖不如日本作家村上春樹那麼有錢花，稿費如山，可比起拿諾貝爾文學獎的大江健三郎的收入，可能還是高許多。從這個方向上，大家就可以知道這個詩人在日本的家喻戶曉和在世界各國的出版和知名度。可我和他在一起時，談到中國的寫作環境、出版制度和作家獨立性這個問題時，他沉默良久，用極其真誠的態度說：「中國作家太幸運了，一部小說只要包含了作家的獨立性，就可以讓權力如此緊張和不安，那作家的人生實在太讓人羨慕了。」

我無言。

不知道該向這位大名鼎鼎的詩人說什麼。

但是我知道，谷川俊太郎的詩，在中國贏得廣泛的喜愛，不是因為他的詩中有索贊尼辛、奧威爾和凱魯亞克、艾倫·金斯堡、海勒、米勒、納博科夫等作家在作品中表現出的人和寫作的獨立性而被讀者所接納，而是因為他的詩中有着最獨有的韻律、敍述和對人與世界的感悟而被讀

者所喜愛。有時候，一個作家的獨立性是一件事，最獨有的藝術敘述又是另外一件事。而獨立性與獨有藝術最完美的結合，那是一個小說家夢寐以求的至高之境界。這一點，偉大的《古拉格群島》和《一九八四》，成為了不成功的成功之反例；而《洛麗塔》，則成為因為成功而成功而非偉大之正例。

回到中國文學上去，回到我自己的寫作上。在我知道並警惕着我的寫作缺少獨立時，我還時時疑問警惕的是，中國作家有一天獲得作家可能的獨立性時，是否能獲得並保有着最獨有的小說之敘述？

你講的故事是你自己的故事嗎？

你的人物和情節與細節，是最中國、最個人化的嗎？

你語言中的機碼是你的自己創設的，還是別人語言中的機巧被你撿拾過來的？一如同樣使用1、2、3、4、5、6、7的音符，你譜寫的歌曲、旋律聽來是新鮮、陌生、優美的，還是動聽、流行卻令人熟悉而似是而非的。

建立一種全新、獨有的敘述秩序，在你的寫作中，你嘗試沒嘗試？嘗試了是失敗還是有幾分成功呢？

中國的批評家，在研究、論說中國的小說時，絕大多數都是用西方的文學理論來佐證中國小說的藝術，或用中國小說的藝術來套用西方的文學理論。這如同一個足球裁判，總是說你把我們的足球正確地踢進了人家的大門裏；

或者是，裁判判對方踢起的足球，拐彎抹角飛進了我們的球門裏，而我們也理應得分樣，理應為這個烏龍而歡呼。不知道是因為中國批評家從來都沒有屬於中國的、自己的小說理論，還是因為中國的小說家，從來都沒寫出「中國小說」來，所以批評家不得不以西方理論來研讀你的小說。烏龍球的發生，終歸不是一件好事情，哪怕是因為對方的烏龍而讓我們取勝也如此。

獎盃是捧了起來的，可心裏那股苦辣難言的滋味，卻是自己心知的。

作家不要去苛求批評家，應該首先去檢討自己的所謂創造和寫作。

要承認，我們今天的寫作，從西方的認知和技術層面汲取太多了。

要明白，到了我們不是要從西方的寫作經驗中汲取什麼，而是要擺脫什麼的時候了。

終歸要走自己的路，那為什麼不及早退出來，去走自己的寫作之路呢？這種退出，不是一屁股蹲回到中國的傳統裏面去，而是在對西方無論是認知還是藝術之機巧，有足夠的汲取後，更明晰地認識東方文化的偉大和意義，認識傳統的未來和意義，然後一腳是西，一腳為東，從而創造出獨屬於我們東方的、中國的、作家自己最獨有的對文學的認識和方法論。

我們要完成獨屬於中國的、自己的文學現代性。

在世界文學的敘述秩序中，要有東方的、自己的敘述秩序在其中。

就我的小說言，最早被讀者和批評家說它荒誕、諷刺、黑色幽默、魔幻和現代或後現代時，我心裏是有着竊喜的。因為這是和西方及拉美小說聯繫在一起去並說並論的。可現在，讀者和批評家，再這樣去討論我的小說時，我就有了一種挫敗感。他們愈是說得認真，有理有據，無懈可擊，我的那種挫敗就會愈發地加深和加重，彷彿一個在考試中抄襲的孩子，愈是被表揚，愈是會心慌，乃至會有一種敘述缺少獨有創造的絕望在其中。我曾煞有介事、也煞費苦心地在中國文學和自己的創作提出過所謂的「神實主義」，還為此寫過一本所謂的文學理論小冊書，叫《發現小說》。這本 10 萬字的所謂理論，除了談我個人——純粹個人對十九、二十世紀世界文學的認識外，提出了中國小說東方式的「神實主義」，在中國遭到很多批評家的冷諷和嘲笑，他們的不屑，如大神不屑廟客窮其所有的一柱香。但是對於我這個窮廟客，在這柱香的繚繞中，一方面是我祈求對西方文學有一種抗拒和擺脫；另一方面，其實也可以看成對無法徹底擺脫的認同。

這柱高香所要說明的，就是既便西方文學的敍事藝術，像烏雲樣罩在頭頂上，作家（我）也要能剁雲開霧，去找到能獨照自己的一束陽光來。或者說，既便西方文學敍事的光束像烈日一樣照在頭頂上，我們也要找到中國的一片荷葉、蒲扇遮在自己頭頂上。

我為沒有很好的完成這種退出、重建而羞愧，但我會在寫作中時時地檢討自己為此而努力。

諸多遺憾中的求進

一個作家是要時時檢討求進的。

每完成一部書，他都該獨自靜坐下來發發呆，想想那本書的不足和遺憾。和你最好的同仁去共同探討那本書或那篇小說中還有哪些可能性。我是中國作家中讀書偏少而又最不系統的一個人。我對自己寫作的要求就是你要知道你哪兒寫得不好或者不夠好。我知道我除了上述說的對豐富、煩亂的中國現實缺少把握能力和清晰認識的態度；文學的獨立性不足，而生活的軟弱性有餘，和還沒有真正建立起一種最獨有的文學敍述秩序外，諸如文學與現實生活和包含在生活中的政治的不協調，「神實」與日常生活的隔

離，技術與內容的不夠統一、不夠融匯水乳的關係，還有語言、情節乃至思想的重複，凡此種種，都需要反省、修正和新的創造和努力。然而，我已經是這個年齡了。這是一個容易認識和檢討的年齡，卻不是容易修正和建立的年齡了。

歲月不饒人，但人心會自強。

在這份還有些籠統的文學檢討書中說到的，我都會繼續反省和思慮。不求樁樁件件都有改正和建立，但求有所思慮的醒改和修正。

「革命儘未成功，同志仍需努力吧！」

在中國寫作的特殊性

　　對於中國以外的讀者，當我和你們聊天時，我想你們
關心的不僅是我這個作家怎麼樣，有什麼特殊性，可能還
關心這個作家所在的國家怎麼樣，有哪些清晰、準確的特
殊性，而不是你們幾乎每天都可以在電視、報紙上看到和
從中國歸來的本國遊客嘴裏聽到的人云亦云的特殊性和可
污性。

　　我知道，中國在世界各地的信譽和口碑，如同一個來
自鄉下的暴發戶，身上除了有錢外，文化、教養、學識都
是沒有的。當然，除了錢，它還有專制、不公、無民主、
不自由，如此等等，那形象亦如一個身上揣有許多金條又
衣衫不整、行動粗魯、滿嘴口臭、從來不按遊戲規則行事
的野蠻人。如果中國果真就是這麼一個人，而作家又必須
在這個人的麾下寫作時，他又會怎樣評價、論述和描繪這
個人？

　　那麼，就針對這個「人」，這個「人」的特殊性；我
們來談談中國作家要面對哪些寫作的特殊性。

半關半閉窗下的光與影

　　全世界都知道，中國是一個在經濟上高度改革開放的國度；全世界也都知道，中國在政治上的封閉與保守，相對於經濟的發展，如同著名的伊索寓言《烏龜與兔子》。在那一則寓言中，因為兔子的傲慢、大意、停頓和睡大覺，最終是烏龜率先到達了終點，衝過了勝利線。可是，在中國經濟與政治改革賽跑的跑道上，今天領先飛跑着的是經濟，而停滯、睡覺的是政治。

　　我們看到的是在經濟的發展中，政治這隻兔子不僅沒有緩慢地爬行，不僅長時間地停滯下來，而且它還回望、倒退、朝舊有的老路上下蹲和退守。比如中國的言論自由、思想解放等。「文字獄」，如果不能說是「獄」，最起碼也是「文字籠」。經濟窗是推開或盡力推開的，政治窗是關閉或盡力關閉的。文化就是在這半關半閉、時開時閉的窗光影下無所適從地抬頭或低頭，左顧或右盼。而文學——作家的寫作，恰恰在這個地方卡住了。那就是，因為窗子的時關與時閉，光亮的時昏與時暗，而集合在這些窗下呼吸生存的人——十多億的中國人，因為光亮不定，冷熱無律，而人的精神——靈魂——人心——也隨之變得無常了，墮落了，幽暗了。

中國數十年的計劃經濟在證明這一文學的規律，那就是計劃經濟的成敗，不在於經濟的計劃，而在於人心的計劃；經濟的計劃，也是為了人心的計劃。一切計劃經濟的最終目的，並不是為了經濟的繁榮，而是為了人的心靈的國有和黨有。與其說是國有經濟（企業），倒不如說是「國有」、「黨有」人的精神和靈魂。而市場經濟，市場的不僅是經濟，還因經濟的大幅度放開而不得不相應適度地放逐着人的精神與自由。可人的精神之自由，因權力、政治之所需，又不能一味的隨着經濟的起落、明暗而使它此起或彼長，自由而飛翔。在經濟門扉大開、而政治封閉，意識和權力絕對集中的情況下，人的精神就如在時關時閉、忽開忽關、半開半閉的窗光窗影下忽明忽暗、風雨不定的環境裏生長的一片草。因為光的不足，風的不律，但又不是無光無風的絕對幽暗和封閉，那麼，這片草中能夠見風見光的，就為爭風奪光而戰鬥；無風無光的，就為渴光饑風而喘息、而掙扎。

今天的中國情況就是這樣兒，經濟窗是開封的，政治窗是關閉的；一邊是冰，一邊是火；一面是海水，一面是火焰。而文化就在這冰火之間遊走或流動。在海水的上面被火焰所燒烤。屬於文化、現實中的文學，面對蓬勃的經濟生活，如同擁抱着一團火；面對社會複雜的現實和現實

生活中的政治或被政治無處不在、無處不控的權力，則如擁抱着一塊巨大的冰。

政治要求你去寫那些火熱的、閃光的、看得見的，所謂「正能量」的現實與存在，而文學本身則要求作家不僅要寫「正能量」，還要關注那些表面看「非正能量」的存在與真實，甚或是看不見的存在和「不存在」的真實。在這一邊幽暗、一邊明亮的光影交錯間，中國現實中的人，除了嬰兒是單純、淨美的，連孩童與老人，都在發生着心靈幽暗的變化和挪移。幾乎是所有的兒童，從走入幼兒園開始那一天，都耳濡目染，知道要給幼兒園老師送禮了。明白只要給老師送點禮，老師就會對我寵好的俗世道理了。老人在大街上摔倒，人們去扶她（他）起來是天經地義的事。可當發生一起你扶老人起來，她（他）訛詐是你撞到了她（他），必要高額賠償時——這是一起特殊的事，是個案。但社會在很短時間內，同時發生多起類似的事情時，我們就不能不懷疑老人的內心老而不尊，也有一片幽黑了。所以說，今天在中國，有老人摔倒或被汽車撞傷，而路過的人們，都視而不見、匆匆離開，任憑老人躺在血泊之中無人搭救，而人們對此，既不能理喻，也似乎可以理解——這就是今天整個中國人精神的麻木、尷尬和幽暗了。

從放開的經濟窗櫺中，滋生、放出的是金錢、欲望與惡望的猛獸；從關閉的政治窗櫺中，滋生、肥養的是黑暗

的腐敗、權力的貪婪和對人的不尊、蔑視和欺壓。二者作用出的人心、文化心，就成了扭曲、變形、荒誕的人們的靈魂。一個作家要立足現實，最真實的描繪人的最深刻的靈魂，本事天經地義、上帝賦予作家的責任與義務，如果捨棄這一點，作家就無存在之必要。而中國的現實 —— 那些指令和掌控這兩扇窗子哪扇開多少，哪扇關多少；何時開，何時關；怎樣開，怎樣關的人，其實也在掌控着作家寫作的手與筆，時時都在提醒着你，這個可以寫，那個不能寫；這片人心的光明有正能量，應該大書和特書，那片人心的暗黑不能寫，因為寫到那片人心的暗黑可能就牽扯到了人心為何暗黑的根源上。

而作家，生活在這半關半閉窗下的作家們，為了生存、榮譽和地位，也就在這管窗人的麾下採取着三種寫作的方式：

一是迎光寫 —— 看到了光明、得到了光明，那就迎着光明寫光明。寫光明，愈光明，榮譽、地位如同早上推窗而來的日出，就把自己的筆和人生照亮到一片光明了。

二是借光寫 —— 借光寫的都是中國作家最具才華和有一定良知、智慧的人。因為不願迎光寫作，而又不願放棄內心的藝術情懷，然在這個半關半開的窗影下，寫作又不能不借助人家的光，於是間，就總是心存歉疚與感激，為了回報，就不去描繪、探視那關閉的窗後的人和人心之真

相。知道那窗後的存在，是最大的真實之存在，但因借了人家光色之緣故——如借了人家的器具，吃了人家的糧飯，當然不該再去挖掘人家的房基一樣。這就彼此打成了一種默契，我給你生活的光明，但你不要去探究那暗黑中的秘密。於是，這種借光寫作，就遊走在明暗之間，亮幽之中，用藝術的平衡，來完成二者兼得的「文學理想」。

　　三是穿越明亮，直抵黑暗的真實。這種寫作是一種風險，因為你不僅在穿越之後背叛了光明，還背叛了那些游走在光明與黑暗邊緣的多數已成共識的寫作和作家。加之光明和光明邊緣的存在都是共識的，可見的，而那幽暗中的真實，卻是看不見的，需要你去觸碰、感知和見證。所以，你所書寫的，往往不是大家可以認同的、共識的，而是會被大家懷疑、爭論、唾棄的。也因此，這種穿越明亮、直抵幽黑，從一扇亮窗走入一扇閉窗之後之下的寫作，需要的不僅是勇氣，還有更大的才華和創造。因為你必須明白，一扇關閉的窗子是事實，一扇洞開的窗子也同樣是事實。你期冀看到幽暗中的真實和存在，你也必須看到光亮中的真實和存在。你最關心的問題，不僅應該是人在光明處的歡樂與順暢，在黑暗中的掙扎與喘息，而更應該是，在這扇半開半關的光影交錯間，人在光暗互變和頻繁互變中的內心的不安與境遇。

被擴大審查的無規則

　　審查制度對於文學而言，一如怪暴的家長對於他以為不夠聽話的孩子的戒尺與訓誡。而中國作家對於寫作的審查，也已熟知到一個總是挨打的孩子，對於總是打他的父親粗暴動怒的規律。似乎，每個有記憶和經驗的作家，對於審查和被審查，都已暗熟到如深知自己指頭的粗心長短樣。

　　中國的審查，以文學而論，大體可以分為三個層面：

一、國家審查

　　國家審查是一種意識形態對作品的審訊。是意識形態為政權服務的政策、規定和規則。雖然任何制度和規定，乃至法律和條文，都是有人來規定和思想，但它的起點和落點，卻都是以國家的名譽在進行權力的落實。而關於審查和查禁，時久線長，檔頻繁，會議和通知的年年月月，經驗的日積月累，使得今天中國與意識形態相關的文化、新聞、文學、藝術等，各個部門和人員，大都可以自覺掌握審查的具體政策和框架，底線和邊緣，明白什麼可以寫，什麼不可寫；什麼可以模糊地突破和涉及（如文革），什麼絕對不能突破和觸及（如六四）。對於國家審查，作家是諳熟於心的，宛若兒子熟悉暴父、賢臣熟悉暴君的脾

氣樣。而真正讓作家無所適從的，是那些執行和所謂替黨把關──落實具體文藝政策的具體人。

二、審查操施者

審查操施是一道至上而下的機構和環節，上至中央宣傳部、新聞出版總署等各個與意識形態相關的高層部門，中到各省市的相應機構，下至具體的各出版社和雜誌社，都是執行與落實文藝政策的具體操施者。無論政策多好或者多不好，都必須有這些操施者推進和落實。一如法律條文生成後，得有法官落實樣。這些人是文學的執法機關和法官。具體的差別是，在中國，雖然法制鬆疏，但法律條文本身是相對嚴謹的，某罪某法在想要依法處置時，大體是有法能依、可以對應的，如搶劫和強姦，需要判監多少年至多少年，是有相對明晰規定的。然對文學的審訊與審查，終歸又不是罪錯與法律條文的對應，又沒有辯護律師和檢察院對錯罪的辯護和對法院、法官的執行之監督。一切都依着操施者對政策尺度的感覺、把握和良知之深淺。如建國後的反右、大躍進、大煉鋼鐵、大饑饉和十年文革等，這些因革命帶來的國家與人民的巨大災難，文藝政策規定是不能描寫、觸碰的，但源於藝術的必須和一些作家們集體不泯的良知，很多作家都去觸碰了，描寫了，想像了。緣於這種觸碰的想像都是「虛構」的，是個體人物命

運的，意在小說藝術和人性的，也大都出版發行了（今天已經完全不行了）。從嚴格意義去講，《堅硬如水》和王安憶的《啟蒙時代》，賈平凹的《古爐》，余華的《兄弟》上，及莫言的《生死疲勞》、《蛙》，都屬於審查的「觸礁之作」，但也都順利出版並有好評著。然而，另外一些作品，如《丁莊夢》、《四書》和《往事並不如煙》等，則出版被禁或壓根就不預出版，這就是審查操施者的查禁之功績。

執行查禁的標準，當然是政策。政策規定什麼不能寫，寫了就是「違規」、「犯忌」，就必須停印、查封和禁止。但事情卻又往往是，操施者無論是為了頭頂之「烏紗」，還是為了對黨忠於和忠誠，再或是感情用事、放大權力，讓本就有着彈性的審查，往往變得無限擴大化和森嚴化，使中國式運動和革命中以一貫之的擴大化的習性，在審查中變本加厲，吹毛求疵，一如開電梯的工人，要把手裏的電梯升降鍵，變為你可以回家和不預回家的門鎖與鑰匙。審查不僅是審查，而且是權力。有許多書在送審的漫漫途道中，「跑跑關係」，審查的權力也就放你一碼、使得通過了，出版了。而另外一種書，如大家熟知的衛慧的小說《上海寶貝》和棉棉的《糖》，被查禁則不是題材的忌諱，而是執行者的權力和感情。是聽說衛慧和棉棉這兩位作家在這兩部小說中，彼此為你寫了我的故事、我寫了你

的經歷而糾纏，二人交惡，破口而出，惹怒了某些執行審查的官員，也就禁止了小說，查封整頓了出版社。從而掀起查禁的風波，讓所有的出版編輯人員噤若寒蟬了。

在執行審查中，權力的濫用和出版者的過度緊張，謹小慎微，擴大檢查，是今天執行審查環節的兩大特色。前者之心態，是中國所有權力部門的一種共有（三分權力，七分擴大，十分威權，這是權力的必然之邏輯。而最具體的出版機構，新聞、電影、電視、以及其他藝術團體，也都一樣如此），如出版社和出版公司等，本是一種出版企業和基層文化最具體的落實者，而今查禁過多，審查過嚴，事無巨細，無限上綱，上至題材寫什麼，下至字詞、句子怎麼用，都已成為執行審查的必然，因此常有出版社的社長、主編，因出版被查、被問、被停職和調離等。執行審查的文化人，因此一做十，十做百；一朝被蛇咬，十年怕井繩，從而這個審查也被審查的出版機構（企業），而今已經成為「全民皆兵」的審查操施者。一部書稿到來之後，首先考查的不是它的藝術價值和市場價值，而是它是否敏感，有無風險；作者是否是「上邊」緊盯的作家，是則嚴之，非則寬之。編輯既是一部書的藝術與市場的判斷者，更是一部書最初原始的審查者。出版社的二審、三審和終身，既是一部書稿的藝術裁判，也是一部書稿的政治審查之員警、之法官。而對於有相當藝術價值、又有一

定風險的「不定」之作，則繼續送審，由更高一級部門的新聞出版署和總署來判決，來裁定。於是，一部文藝作品審查的漫漫旅行開始了。其結果，因為藝術與敏感的不定和模糊，被審的結果，不是「把風險抹殺在搖籃之中」，就是「寧可錯殺，決勿放過」。如此這般，操施審查者自上而下、又自下而上的審查網絡形成了。一個審查的金字塔，就在無形中站立起來了。這個塔頂是文藝政策的制定者，中部是審查制度的執行者，塔基是出版機構的每一個編輯們。而渴求出版自由和審查寬鬆的不僅是作家，還有在這執行審查中，有良知和責任的執行者和出版者。尤其那些既扮演審查角色又有良知的編輯和出版人，他們在矛盾和糾結中工作與努力，一邊不得不擴大審查，以免因小失大，掛一漏萬；另一方面，又在尋找着出版的可能之縫隙，以維持和推動出版市場的運轉和知識分子的內心之安寧。然這微弱的良知，在執行審查的過程中，如同一顆跳動的心臟，用臥軌來掣肘瘋狂列車的運行樣，也如一張網上的一空漏格兒，渴望生命的雀鳥可以從那網格飛過去。雖成效可見，卻完全不能從根本上對執行審查的網絡、過程有什麼突破和截斷。

三、自我審查

　　國家審查以權力、政策大於法律的效應召喚着操施審查的落實與監督，而這種操施審查的歲歲年年，月月日

日，也就最終養成作家的自我審查了。如果說操施審查是一種權利性和壓迫性，一個作家的自我審查就是自覺性、不知性和本能性。

《丁莊夢》是經過自我審查的。許多作家的作品為了出版都是經過自我審查的。關於自我審查我已有很多述說，這兒需要補充的，就是作家自我審查的自覺性和本能性，對於藝術的傷害，遠遠大於人們可見的審查、刪改和禁止 —— 因為它還沒有出生就被閹割了。還是被你自己閹割的。甚至是在你不知不覺之間閹割的。一如計劃生育中的胎兒，在沒有問世之前就從這個世界消失了，甚或在沒有成為胎兒的生命前，你就本能、自覺的將他「計劃」消失了。

專業作家制度的優與劣

專業作家制度，是中國社會主義文學最顯著的特色。是制度 —— 權力為了規範文學、思想、藝術的行政體制。這種多在社會主義國家才可存在的行政體制 —— 有如國家機構一樣的中國作家協會來養育、管理作家們的思想、行為、寫作的有效方法（其他文藝團體如電影、電視、戲劇、繪畫、書法、民間藝術等，則有中國文學藝術聯合會

來管理），最大的優越是，它使許多有才華的作家，沒有基本生活的後顧之憂，而可以無功利的潛心於對文學藝術的不懈探求；可以以組織、活動的方法，替代沙龍的方式，對文學進行討論、追究和推廣。然而，因為專業作家制度的根本目的，不是為了藝術的高遠和自由，而是為了對作家寫作、思想、想像的管理、規範和控制，所以，這些優勢也都大抵不在了。只有那些少數的作家在這集體的管理中，還保持着作家寫作時的獨立性，文學人格的獨立性。

專業作家最大的弊端之一是，讓作家變得懶惰而失去創造性。

因為在這個體制內，專業作家至今的國有化、黨有化和大鍋飯，勞動和不勞動的報酬是一樣的，創造和不創造的結局也是一樣的。就是直到中國改革開放三十多年後的今天，市場經濟已是社會最澎湃的活力，而專業作家一年、二年，三年、五年，每天不上班，不寫作，到月底和年底，他的工資仍然出自國庫與財政，所以作家就可以不寫了。每天只是空談和參加各種活動、會議了。有許多專業作家在業餘創作時，才華橫溢，佳作連連，而被這個專業體質吸納後，作品漸少，直至停筆，而在專業作家的位置上老其一生，這在專業作家隊伍中是常有、常見的。因此，與其說，那些空談、空閒的專業作家，使因脫離現實

與感受（官方説是脱離生活）而終止了創作，倒不如説是專業作家的體制滋生了人的必然的惰性，終止了他的敏感、勤奮、才華和創造。

專業作家的弊端之二，是讓作家失去寫作的個性而集體化和國有化。

説到底，寫作是一種孤獨、寂寞的選擇，是一種宗教情懷的文學寄託。然而，專業作家體制的本質，卻是要把個人寫作集體化、國有化和黨有化。統一思想，統一題材，乃至於在可能的情況下，統一藝術的表述，把創作從個體中集中起來，捆綁起來，盡力完成黨有和國有。毛澤東《在延安文藝座談會上的講話》自發表伊始，成為中國文藝政策的綱領性指針，至今仍然是意識形態和專業作家隊伍寫作、言論、行動的指南，數十年來，學習、討論、探究的這個講話中文學來自哪兒、為誰服務的問題，而其實質之根本，就是要把文學從為心靈和靈魂服務的宗教情懷中擠出去，使作家失去個體的宗教情懷，成為被統一領導、管理的集體的一員，從而使文學為政治和權力所服務，為黨和黨的各種需要發聲和鳴鑼。

一個作家希望有起碼的生活保障，那你就必須走入專業作家的隊伍。走入專業作家的隊伍，你就必須從思想深處集體化、黨有化和國有化，認同政策和權力對寫作的諸

多規定和出版，認同這種出版用數十年培養起來的讀者的價值觀。認同了這些，你就從個體走入了集體，從而完成或可能完成了文學的國有和黨有。這是一個庸俗而有效的生存鏈條，也是體制最有效的思想管理鏈。當你成為這個環鏈中的一環或一環上的一點時，你的文學觀、世界觀，乃至人生觀和價值觀，也就失去了獨有和個性，而只有集體、國有的寫作意識了。

「體制內工作，體制外思考。」——這是很多體制人員的說辭和理想，也有很多中國知識分子秉持着這樣的操守和追求。但在專業作家的隊伍中，卻多有這樣說的人，少有這樣的堅持和寫作。

《動物農莊》類的作品並不一定要成為中國作家寫作的楷模和方向。《審判》（The Trial）也不一定就是中國作家的寫作去向和方法。但在有豐饒這樣生活的土地上，幾乎杜絕了作家這樣醒世省心的藝術思考和寫作，不能不說專業作家隊伍的方法與形式，對作家思想集體化、黨有化和國有化的完成，是功不可沒而卓有成效的。

專業作家制度最大的弊端之三是，讓作家失去自我，失去人格的獨立。一如一個公司的職員，月月年年，領着老闆的薪水，就必須在工作上為公司努力和服務，言行上對老闆尊崇和歸順。作家的工作就是寫作，言行是他的作

品，而他的公司就是中國至上而下的作家協會，老闆就是領導並代表人民的黨。這樣一種機制——我養你育你，自然是為了讓你為我工作（寫作）和服務，而不是讓你獨立、自由和自我想像的越軌和奔放。

一句話，中國作家協會的根本目的，在許多特殊時期，是讓所有的作家都成為「黨的作家」。改革開放之前，讓作家成為黨的作家是作家人人認同的，接受的。而之後，隨着作家對藝術自由的追求，「黨的作家」的聲音除了報刊、會議還寫着並掛在嘴上外，在很多作家心裏褪色了，消失了。但中國作家協會的目的並沒變，而是方法改變了。由強制性、壓迫性和學生填鴨式的政治貫輸，改變為誘導和教育，通過開會、學習的傳統方法和榮譽獎勵與文藝價值的規訓和培養，來達到使你成為「黨的作家」之目的及可以「純藝術自由」而非寫作的人格獨立之妥協。

專業作家體制不拒絕藝術個性的自由，但不主張作家人格的獨立。它容忍在這個體制內，你是作家而非黨的作家，但不允許你的寫作不僅不是「主旋律」而且還非「正能量」的寫作，你可以在作品的語言和形式上無盡的探求，但這種探求不可引伸到社會內容——現實中的人、思想、靈魂和尖銳的社會矛盾上。在藝術形式上，作家的思想是可以獨立的，但在內容和作家的人格、思想上，是不能容忍你獨立思考的。違則棄之、禁之和貶之；順則襃

之、揚之和獎之。於是，一條新的文學價值判斷的標準在作家隊伍中形成了，由「黨的作家」、「黨的作品」的標準，轉換成了「藝術主旋律」和「藝術正能量」。而當幾乎所有作家都即便不去「主旋律」和「正能量」，但也盡力不去向「負能量」的標準靠攏和擁擠時，作家的獨立性，便在這個隊伍中一點一點削弱了，抹殺了。於是，體制對作家的管理也就直接、間接地達到了，完成了。

今天，中國作家的中、老年，百分之八十的作家都在這個專業隊伍中。而對於今天中國八、九十年代出生的作家們，中國作家協會會員制的吸納和定期會議（如作代會和青創會——全國作家代表大會和全國青年作家創作代表大會）與評獎制度（如茅盾獎、魯迅獎）等各種榮譽表彰的方式，也正在快速地把這些年輕作家和新起的網絡作家吸納和「團結」，進而同化、培養和改變，先使你成為「隊伍中的一員」，之後你就逐漸地認同了沒有獨立人格的文學價值之判斷，到最後，也就同樣達到讓你的寫作失去獨立、自由、思想的目的了。

在特殊性中寫作的應對法

面對中國既非徹頭徹尾如文革般的極左專制，又非民主、自由，有節奏的政治開放和經濟的市場化與政治的封

閉化的雙重矛盾之環境，作家既有獨立思考和想像的可能性，又有巨大阻礙的認同和誘惑性，對此許多作家大抵都有自己的應對法：

一、是順從的呼應，見利寫作，把文學、才華當做一種榮譽、地位、利益的物換條件。這在中國作家隊伍中比比皆是，生存和生活，成為這種交換的最好理由：我為你竭盡全力的「主旋律」和「正能量」，你給我獎勵和各種位置（如全國大多的作協主席和副主席）、車子、房子和條子（報銷權），以使我的生活、生存好起來。「民以食為天」一向是中國人的生活信念和信仰，一旦把文學和生存、生活結合在一起，一切的諂媚、惟上、物利和榮譽的寫作就合理、合情與合法了，有着不可討論的正當性，這也是今天大批作家人皆為此的理由和依據。

二、是疏遠的逃離。這是非常值得尊崇的寫作。「我的一切，只是為了文學本身。」把文學歸屬為「象牙塔」或以「象牙塔」的名譽離開主流、權力和社會繁複的亂象，獨自在書房和桃花園中靜心或散步，以文字為歸宿，以莊子的出世為理據，過一種清靜的生活與寫作。即便不是日日身處書房和桃花園，即便每天都還滲透在世俗生活和社會現實中，而其寫作也是疏遠的、逃離的、「純粹」的。這不僅是一種姿態，而且是一種世界觀和方法論。是今天中

國有思考、有追求、有才華作家的一種立場和應對法。也正是這樣一些作家寫作的疏遠和勤奮，豐富了現今中國文學現有的和狀況。人格上也許沒有「我思我在」的獨立性，但在寫作中，卻有着獨立的追求和個性。他們是中國文學的中堅和砥柱，也維繫着文學的未來和前景。

三、是那些既要在文學上獨立思考，又要在社會生活中具有獨立人格的寫作者。他們敢於面對人的困境和現實，敢於面對寫作，敢於面對現實中的文學存在，也敢於面對文學中人與現實的存在。他們不是以挑戰者的姿態而獨立，而是以寫作者的身份站在現實的一側或對面，審視現實，思考現實中的一切。不逃避，不疏離，對今天中國荒謬、複雜而澎渤的存在和現實中人的困境，表現出一種最大可能的關懷和愛。不求望文學在現實的朝夕間改變什麼，而思考文學在這歷史與現實的朝夕間留存什麼。對現實的關注不僅是文學的，也是人生、人世的。尤其在近年中國最重要作家的寫作中，他們對現實回望的注目 —— 如賈平凹的《秦腔》與《古爐》，王安憶的《啟蒙時代》。莫言的《生死疲勞》和《蛙》，余華的《兄弟》，劉震雲的《一句頂一萬句》，蘇童的《河岸》，格非的《春盡江南》，以及我整理此稿時，讀到韓少功的《日夜書》，蘇童的《黃雀

記》，賈平凹的《帶燈》和余華的《第七天》，凡此種種，這些作品雖然不標誌着中國文學的偉大和這些作家在一生寫作中的代表性，但大家幾乎同時，都從疏遠的姿態中閃回身來，注目於民族的現實與歷史，及社會現實中不可回避荒謬中的人，這大約都清晰的表明，這些作家們追求的不僅是作品藝術的完整性，還有作家人格的獨立性與完整性。

作家人格的獨立性與完整性，不表明一個真正文學的偉大時代的到來，但至少預示着，一個中國文學興起的可能性。

恐懼與背叛將與我終生同行

這是一個沒有那麼愉快、輕鬆的話題，但卻是一個人把最內心的領域——攤開來不是為了讓人們去分享，而是一個人渴望別人去了解。

「恐懼與背叛將與我終生同行」：

我在恐懼什麼呢？

首先是對權力的恐懼。

我自小不是一個膽大的孩子，四、五歲時在我家門口見過狼，它乾瘦、灰黃、饑餓。我家就住在村口上，所以在一天黃昏推開大門時，看見它我就呆住了。我以為它是一條饑餓的狗，很想找些什麼餵餵它，因此我們就那麼相望着。因為那時侯，我也非常餓，吃不飽，沒什麼餵就彼此站在那，相望了很久一會兒，直到村人走來後，把它趕走我才知道那是一條狼。那時候，村裏人驚訝地對我吼：「再過一會兒狼就把你吃掉了！」從此後，我開始對狼有

一種怪異的愛和恐懼感。它饑餓、消瘦，隨時都可能要吃人，可它的眼裏卻是那種溫暖哀求的光。

我曾經說過，我自小有三種崇拜。即：崇拜城市、權力和健康。今天可以把這三種崇拜理解為，城市——現代文明；權力——一種左右你命運的力量；健康，即生命。而在這三種崇拜中，最早轉化為恐懼的是權力。今天對權力的恐懼，一如少年時對狼的恐懼樣。它無形，卻無處不在。它能給你榮譽、金錢、富有和想要的一切，可它隨時也能致你於死地，改變你的命運，讓你從大貴成為下賤，從天使變為魔鬼。

在我的少年時期，饑餓像尾巴一樣，從來沒有離開過我。因為在我每天上學或放學的路上，我都能看到鄉幹部——那時叫人民公社——一到飯時，幹部們提着水壺，用調羹敲着搪瓷碗去食堂吃肉菜和白饃。為什麼一個村和周圍的百姓每天每頓粗糧都吃不上，他們卻還有肉菜和白饃？因為有權力。因為他們是國家之幹部。於是，那時根植在頭腦中的理想就是逃離鄉村，出人頭地，最好做一個每月有工資、每天有飯吃、有面子、有尊嚴的國家幹部！後來，我 20 周歲當兵了，邁出了改變人生命運的第一步。雖然在當兵前，都已開始寫小說，但那時，不是為了當作家，而是希望通過寫作改變命運，有吃有喝，做一個城裏人或是手中有權的人（如村長）；再後來，我果真因為寫作

立功了，提幹了，不僅成為了一個城裏人，而且成了一個手裏有些「權力」的人。

　　真正意識到手中擁有權力的微妙是我 25 歲當排長、26 歲當指導員時，下午到某個連隊去報到，晚上睡覺發現通訊員把牙膏替我擠在了牙刷上；把洗腳水端到了床邊上，擦腳毛巾搭在了椅背上。那時候，一臉童氣的通訊員，朝我莞爾笑一下，有種莫名的心酸從我內心油然生上來——我如同看見自己的弟弟或孩子，為了一碗飯吃在而奴僕的樣。當然，有人給你擠牙膏，端洗腳水，那種感覺也是「美好奇妙」的。因為你清晰地意識到，你真的當「官」了，擁有權力了。讓你意識到你真正當官並擁有權力的事情再次發生，是在我當指導員的第二天。我帶着部隊六點鐘出操長跑，大汗淋漓的七點鐘回來，進屋換鞋時，撩開床單一看，有士兵送來的一套茶具擺在床下邊；再看枕頭邊，有條綢緞背面擺在那；窗口下的桌子上，有一瓶酒和一條煙。

　　這是 1985 年的事。送這些東西的，都是有求於我這個連隊的一號人物的戰士們。他們不是想請假回家，就是想入黨，再或是，想要把檔案中的處份決定從檔案抽出去——因為特殊的原因，我所在的那個連隊一百來號人，受過警告和嚴重警告處分的就有將近三十個，整整四分之一。而那時，在部隊受過處分退伍回家是不能安排工作

的。我所在的連就是這樣一個連，就是這樣的局面。它第一次讓我感到權力不僅是權力，而是掌握他人命運的魔杖和力量。就從那時候起，我對權力有了一種着迷感，也有一種隱隱存在的恐懼感。那一年，我所做的最值得稱道的事情是，把所有戰士送給我的禮物，都一一地退回去；凡有求於我——權力的，大體合情合理的，都一概應允和滿足。想進步的，差不多就給他們入了黨——這不知是害了他們，還是幫了他們的忙。想回家看望父母、爺奶的。我都偷偷放他們回家休幾天假。那將近 30 個背上處分決定的城市兵，只要表現好，我都把處分決定從檔案中偷偷抽出來，當着他的面撕掉或燒毀。有 20 個左右受過處分的士兵，從此就變得無「過」一身輕，可以好好訓練和工作了。

一句話，半年後這個全師最差的連隊天翻地覆了。用口號來形容，就是「舊貌換新顏」。而我自己知道，讓這個連隊發生巨大變化的，不是我的智慧，而是我的權力。比如說，戰士請假回家，是要營裏同意並報到團裏備案的。而我，是誰也不說，就把他們放走回家了。比如說，把一個表現好的戰士的警告處分，從檔案裏撤銷，是要有連黨支部研究決定並報到營裏批准的。而我，誰也不說，獨斷專行，就這麼一人決定了。

那年底，我被師裏評為了優秀基層連幹部。

第二年，我被調到軍裏做了宣傳幹事去。我離開連隊時，戰士們哭聲一片，依依不捨。然而我知道，我和他們的情感，全部是建立在我濫用職權和放大權力的情感基礎上。那20來個來自中國各個城市的士兵，因為檔案裏沒有了處分決定，當年退伍者，都有了相應好的就業和工作，使他們一生的命運有了好的開端；婚姻家庭，有了好的伊始。這一切，也都不是因為我，而是因為權力和我一個小小指導員對職權的濫用和放大。

　　接下來，事情就沒有那麼美妙了，有許多事情發生了使人驚懼的變化。其中最難忘的事情是，我在軍機關裏工作時，曾經和一個首長，因為什麼到軍營外邊吃過一次飯。在那飯桌上，還有地方公安局的一個領導和他的司機。在中國，一般司機是都不和領導同桌吃飯的。可那天，因為人不多，局長也就讓那司機同桌了。問題出在司機很快吃完飯，按習慣他應該離開飯桌到飯店外邊等，可因為吃飯間，大家都在飯桌上講真人真事的段子和笑話。笑話又確實很好笑，記得那天我都笑得前仰後合了。所以，這還不到30歲的司機，為了聽那笑話飯後沒離開。而這時，當首長和公安領導也因笑話開心到和普通人一樣，肆無忌憚，放鬆自然，而且稍有醜態時，笑話從一般真實升級為黃色真實時，忽然發現飯桌上有「外人」。這個外

人是司機。司機是不應該多聽領導談話的。然而這個司機因為那笑話太好笑，他就吃完飯完全忘我的坐在那兒多聽了。當部隊首長把笑話說到最黃的高潮時，忽然看見那個司機坐在他對面，首長忽然打住不說了，目光落在司機臉上去。

這時候，司機迅速明白什麼，起身離開了。

地方公安的領導發現自己司機飯後沒有走，很歉意的朝首長看了看，說了一聲「對不起」。

部隊首長說：「沒關係，回去教育教育就行了。」

這一切也就過去了。

我以為一切也都過去了，如同生活中的毛毛雨，被太陽一照就乾了。可在第二天下午下班時，我從機關回到家，發現那個司機就等在我家門口上。我不知道他是怎樣找到我家的，像一個傷心的孩子蹲在路邊上，一見我就慌忙迎過來，低三下四的求我說，他剛被安排招來給局長開車就被換掉了。開走了。原因就是昨天在飯桌上多聽了幾耳朵。他希望我能去給部隊首長說一說，請首長給公安的領導打個招呼把他留下來。說他是通過各種關係才有了這工作，全家都為他是給公安的領導開車而驕傲。全家都靠他過日子。可這說換就被換掉、就沒工作了。

我愕然。

我答應去給首長說說看。

也就在又過一夜上班後，我小心的去了首長辦公室，把那司機的命運經過給首長說了說，並說那司機很可憐，希望首長可以給那公安領導通個電話，把司機留下來。我說完這些後，首長把目光落在我臉上，靜靜看了大半天，忽然問我說：

「你覺得某某（公安領導）做錯了嗎？」

我啞然。

首長又說到：「我沒有想到某某這麼能幹和利索，要在部隊他一定是可以帶兵打仗的人！」

我無言。

真的無言到嘴邊連一個字詞都沒有，最後極其無趣地從首長那兒離開了。

那個司機就這樣沒有工作了。

這就是權力。這就是來自權力必然存在的恐懼！

權力充滿着對人和人的命運可以隨意、隨便改動、變更的巨大魔力，這種魔力令一些人無限着迷，也令另外一些人無限恐懼！

對權力的恐懼，可能就是從這件事情開始的。之後我的生活中還發生了許多事，它都讓我對權力由崇敬、到敬畏，進而發展為恐懼。對權力清晰明瞭的恐懼，就這樣生逢其時、恰如其分的到來了，總是盤根在你的頭腦中，不肯離去和消散。也就從此，我把我的全部精力從對提升、

當官的努力，轉移到了文學上，開始一日日的修正自己人生和目標；開始堅信，我的一生只屬於文學，那怕文學並不屬於我。

1994 年，我調到了北京的一家新部隊，那裏的人對我都很好。可在那時候，我因腰間盤突出症，四處求醫，療治無效，不能走路，更不能負重，連從一樓到二樓的台階都爬將不上去。那時候，我的全部寫作，都是爬在床上或躺在特製的殘疾人的仰躺椅上完成的，比如《年月日》和《日光流年》等。這期間，得知中國山東的濟南軍區治療此病有了新技術，就從北京到山東去做手術。就在為走上手術台做着準備時，接到新部隊領導的一個電話，說讓我火速趕回去。

我說我馬上就要做手術。

領導說出了大事了，你就是在手術台上也要馬上下來趕回去。

我和妻子當天匆匆趕回了北京，才知道我的小說《夏日落》，被文件點名批評了，被查被禁了。從此開始，長達將近半年的時間，我都是爬在床上寫檢討，一份又一份，從來都沒有被通過。那時我已經做好和妻子、兒子一塊重新回家種地之準備，覺得反正寫的檢討總是通不過，我也

不再修改、不再去寫那檢討了。可忽然有一天，部隊的最高首長卻提着一兜水果去看我，說我的事情沒事了，以後多寫歌頌部隊、歌頌祖國、歌頌英雄的作品就行了。首長在我家裏時，我眼含熱淚，一臉感激；首長走了之後，我在我們家默默哭泣，讓淚水肆意橫流。一邊是對命運急轉直下的感恩；一邊是說不清的、無來由的對權力的恐懼。這如同一個人，獨自在靜夜中行走，四野空曠，無人無物，月光如水樣寧靜而明亮，可這種能聽到月光落地聲音的靜，反而讓你恐懼到想要撒腿跑起來。

我開始在文學上逃跑了——自此後，我決定再也不寫軍事題材的作品了。因為在軍事題材中，你看到、體會和感受到的真實和他人不一樣；因為你渴望在文學中，用你個人的方式，去表達你感知、認識的人和人的境遇與呢所處的那一隅世界；因為你對權力有那種天然的恐懼感，就最後一心撲在了文學上。而在文學上，對軍事文學虛構的寫作，會導致現實中權力對你的壓迫，如此，就決定開始致力於鄉村文學的書寫，再也不去觸碰軍事文學了。於是，那些年你寫了長篇小說《目光流年》、《堅硬如水》和《受活》等作品，還有一些很寓言、很鄉村的中短篇，以為你在文學上可能打開了一片新天地，可能會走得更遠時，可突然有一天，就是《受活》出版不久，香港的鳳凰衛視

對你進行了採訪播出的第二天——電視播出是頭天晚上八點鐘，第二天八點剛上班，部隊的領導把電話打到我家裏，說：「昨天晚上鳳凰台對你的採訪首長們都看了，首長們都覺得你應該離開部隊轉業到地方去。」

接下來，也就三、五幾分鐘，你還沒有反應過來發生了什麼事，部隊轉業辦公室的領導又把電話打到你家裏，說給你三天時間你到地方找工作。三天內，你找不到工作，那你就只能服從組織分配，也許就只能給你分到昌平去——昌平那時是北京的一個遠郊縣，離北京非常遠。於是我向這位領導——也就是向權力請求說，能把我分到我的老家嗎？我是從那兒離開鄉村的，我還想回到我的鄉村老家去。

轉業幹部辦公室的領導，在電話那頭不加思索回答我：你是幹部，你應該服從組織分配，不應該向組織提要求。

我就這樣在轉瞬之間，被一腳踢出軍隊了。

之後我才知道，是因為我所在的部隊新調入了一位中將，他有些愛看書，有次在談起讀書時，說他最近看了兩本書，一本是《受活》，一本是《往事並不如煙》（後被禁），說中國如果再來一次反右，全國只有兩個指標，那就應該分給這兩本書的作者。接下來，他又在鳳凰台中聽到我說了那樣一句玩笑話：「作家就是花瓶，有時領導吃飯

也會讓你去陪坐。可在酒桌上，你不停地敬酒，領導也不一定記住你，可你不去敬酒，領導從此就把你記住了。」聽說是這成了我被踢出軍隊最直接的導火索──所以，第二天上班的第一樁事，就是首長們決定通知我儘快離開部隊到地方。離開你在那兒生活、工作、寫作了 26 年的軍隊去。權力是一柄充滿傲氣、邪氣和陰險邪力的巨大之魔杖，它開恩於人時，會給你很多金錢與鮮花，但他稍稍動怒時，你的命運乃至你一家人的命運，就如無來由的一股風，吹在正行走的螞蟻身子上。螞蟻隨風而起，不知道會被風的力量吹到、卷到哪裏去。

當然，以命運而論，我並不認為我是中國人中命運最不堪的人。甚至幾年前，你辛辛苦苦在北京買了房，被權力莫名其妙地強拆掉，你不配合強拆員警會不時地出現在你家裏；你家會不時地被盜、被停電、被斷水，被不知從哪飛來的石頭砸在窗戶上；你家房子被在深夜推到後，你見了拆遷辦的國家幹部們，他們還會很嘲笑地對你說：「你可以去告啊，法院的大門是永遠敞開的！」就這樣，權力讓你明白：你活着不如一頭豬，不如一條狗；豬被逼急了，他會朝人猛地哼叫和反抗；狗急了，為了自己它會咬人和反撲。可是人，可是我自己，做人的權力和尊嚴，就是權力之下的螞蟻或蚊蟲。連這些豬狗反抗的勇氣都沒有。比起豬和狗，我們有所不同的，是我們敏感、脆弱、

有記憶，我們對傷害——那怕是沒有那麼嚴重的傷害，都會有終生不愈、終生難忘的記憶之苦痛。

於是，恐懼便終生與你同行了。

於是，恐懼，成為了你終生比妻子、兒子、父母陪伴你更久、更遠的永遠也無法丟棄的侶伴了。它成為你的皮膚、你的頭髮，也最終成為你血液和內臟中的一部分；成為你為人處事的謹慎和無奈成為你的人生觀與世界觀。這些，也因此在改變和修正着你的文學觀，成為你寫作的出發點乃至最終點。

但是，說到恐懼和人生、命運、寫作時，對權力的恐懼只是你所有恐懼中的一部分，甚至它還不是你最敏感，最刻骨銘心的。

其實，你最難以啟齒的，最不原告人的恐懼，於我而言，是對長壽、健康的崇拜——把這話反過來，就是對死亡的恐懼。對死亡的恐懼，直到現在，從幾歲到五十幾歲，每每想到死亡我都會徹夜難眠，甚至淒然淚下，覺得人生毫無意義。恐懼死亡，害怕尾聲，於是自己就每日、每時在痛苦着、矛盾着，企圖用忽略、忘記去逃避對抗着。

人，因為對死亡的恐懼，也才更要活下去。更會對健康、長壽產生崇拜感。一句話，無意義也要活下去。而在活下去的過程中，你又時時對日常、庸常和家庭產生莫名其妙的厭煩感。這種厭煩的日積月累，就又成為一種恐

懼。是無來由的新恐懼。如此，權力，死亡，家庭和庸常，編織成一張四面圍就你的網，而你是這恐懼之網中的一隻鳥，恐懼之荒原中的一株草，恐懼之林中的一片落葉和一滴水。你為恐懼鄉土的荒冷而寫作，而你最終又因為寫作對現實世界產生更大的恐懼、荒冷和不安。這就是你寫作的起點、過程和終點。

你從恐懼中來，走過恐懼後，又到恐懼裏去。

現實世界就是我的奧斯維辛集中營

一個膽小恐懼的人，為什麼在寫作中會有一種相對強硬的姿態呢？

從我的寫作看，大概沒有人會認同你是一個緊張、不安、恐懼的人，而且還有人覺得你是一個強硬、簡陋、粗糙乃至是一個有勇氣、愛對抗的寫作者。也許是這樣。但我說的「這樣」，不是大家日常聽說過的許多作家都在說的那種「生活中缺什麼我就在小說中寫什麼。」因為現實中不能擁有，而要在文字和故事中飽滿。我不是這樣。我是因為恐懼而逃離，因為逃離才背叛。才會在文字中表現出貌似強硬、堅韌的藝術對抗來。

你因為少年時期對鄉村的貧窮天然的表現出了敏感和恐懼，而自小就有那種要逃離貧窮的願望埋在內心裏。

而你果真逃離後，回頭去張望那種生活時，也許會有詩意的懷念和情感，但對那種生活的逃離和背叛，卻終歸是佔着主導的，是你那時人生的主旋律。如同因為愛，所以才會恨；恨之愈切，愛之愈深那悖論。在現實生活中，厭惡和恐懼什麼，你就會本能地去對抗和反對什麼。無力對抗時，逃離就會成為你對抗的手段了。而在成功逃離後，背叛就成為一種必然了。現實中，我是那種最鮮明的以逃離為對抗的人。而進入文學後，這種現實的逃離，就本能成為背叛了，成了以「文學背叛現實」的人。許多人都說我的寫作表現的是土地之子的那種親情之愛。但我以為，我完全是土地兒子中的一個不孝子孫，是一個活生生的背叛者。生活中，因為對土地和鄉村生活的厭惡和恐懼而逃離，逃離之後我也沒有別人那種魂牽夢繞的對土地不捨的情感和懺悔。具體到作品上，我沒有寫出像中國作家沈從文那樣對土地和遠鄉充滿着美、愛的作品來。至少目前還沒有。而是更多的繼承了魯迅對鄉土的那種鄉怨、幽暗和批判。早期的作品裏，那些對土地本能的點滴溫情不知為何在後來漸漸消失了。而且隨着你對現實生活的認識，最後完全沒有了。《日光流年》、《堅硬如水》、《丁莊夢》、《風雅頌》、《四書》和剛剛完稿的《炸裂志》，這一路寫過來，都是對土地的審視和背叛，乃至於是某種對土地文化

的審問和審判。有時自己也知道這樣未免單調和簡陋，但真的走入寫作後，還是沒有那種溫情、飽滿的愛。

在中國，有作家說自己的寫作是為老百姓而寫作；有人說，自己是為底層而代言。有人說某種寫作是俯視（如知青文學），有人說寫作是仰視，從生活的根底朝上看。還有人認為某種寫作是平視，即和生活保持着在同一平台和平行距離地看生活。而說到我自己，有人說我是平視，也有人說是仰視。但我自己感覺到，我是從生活中逃離之後，站在生活對面一個旁觀者、審視者，如從奧斯維辛逃出來的人，在遠遠地觀望、回憶、審視奧斯維辛集中營中的人和事。

現實生活，就是我的奧斯維辛。寫作是從那兒的逃離和逃離之後令人顫抖的回想與訴說。因為你是把生活視為奧斯維辛的人，你寫作的立場和姿態，自然是不被現實所容忍、所接受。於是，《堅硬如水》成了「紅的（革命）、黃的（性愛）都犯忌」的書，爭論也就在所難免了；《受活》成為權力把你從軍營踢出來的最好籍口了——問題就出在這兒。當你真正離開軍營——那個權力最為集中的地方，你以為你沒有了那種被權力直接擠壓的痛苦感，沒有了那種人生呼吸困難的急促感，感到有了一種未曾料到的輕鬆與自由，有了一種忽然從天而降的解放與被解放。這種現

實生活上的被解放，傳遞進文學就進有了《為人民服務》那種自由、隨性的「胡寫」了。而《為人民服務》在中國的軒然大波，被批判、被禁止、被「談話」，又回頭過來影響着你的現實和生活。

我說一個細節。當《為人民服務》被禁時，因為一夜間，文件傳達到了全國各地、各級的宣傳部門，而那時，我離開了軍隊還住在軍隊家屬區，並不知道《為人民服務》發生了什麼事。可在現實生活裏，頭天還陽光燦爛，春暖花開，第二天你從家屬樓上走下來，院子裏你的那些朝夕相處、抬頭不見低頭見的曾經的同事們，見你就不再和你說話了，躲之唯恐不及了。他們遠遠地看你一眼，躲着你像躲着一頭怪獸一樣走掉了。連我妻子上街去買菜，碰到同樓的家屬們，她們都不再和她招呼說話了。直到多天後，我才知道《為人民服務》被禁是有中央機密檔和軍隊傳達的緊急通知的。而我剛剛離開的部隊機關，在傳達檔時，那些機關軍官也都被號召、通知了：「最近任何人不要和閻連科有任何來往」。

就這樣，你「被敵人」了。你成了人們躲之未恐不及的怪獸了。你轉業後所在的單位，因為你的寫作給人家帶去的不安和麻煩，讓你覺得你在內心如同欠債鬼一樣欠着那些人。而發表《為人民服務》的雜誌社，處分、罰款、檢討，那裏的同仁彷彿每一個都是來自「敵佔區」裏的，

都是不可信任的，都必須要嚴格審查、檢查才可以「過關」和「入境」。

因為對現實生活的恐懼而在文學上逃離與背叛，結果這種文學上的「脫北」，又成為你現實生活中更大的恐懼與不安。前些天，我曾在哪兒說到過《丁莊夢》，它其實是我向殘酷的現實妥協的一次寫作，是因為對權力與現實恐懼而「低頭求和」的一次嘗試；在我的寫作中，《丁莊夢》是一次充滿人性溫情的精神之旅。可結果，我不知道是這部小說中一個作家對人性溫暖的書寫是上邊沒有感覺到，還是因為這個作家已經成為了不可信任的文學「脫北者」，《丁莊夢》剛剛出版才三天，就又被叫停禁止了。從此後，你在中國，就徹底成了不被信任的符號和標誌。你的每部作品，都要受到從編輯到主編、再到上級主管部門乃至出版總署的「關心」了，在生活中也多少成為「異端」、「異見」人士了。寫作中的一個字和一個詞，似乎也都「別有用心」了。

你是一個職業作家，當你的任何寫作都不被信任，連出版一本舊作散文集，也要被出版總署調走審查時，你的內心便終日都有種焦慮和不安。而這種焦慮和不安，也就從此成為你的寫作、你的生活了。它既是你的精神存在，也是你的現實生活。吃飯時，毫無疑問你能分清筆桿和筷

子，但每天寫作時，你分不清它是你的紙上生活，還是你的精神生活或者日常生活了。

恐懼就這樣成為你生活的一部分，就像寫作成為你生命的一部分。你活着就必須寫作，你寫作就必然會焦慮、不安和恐懼。而因為恐懼和對恐懼的逃離，你便會在寫作中有一種「我不怕你」的姿態來，如靜夜中的孩子，在曠野中行走時，因為膽怯會喚出的「我不怕！我不怕！」的吼聲樣。他因為害怕而喚出了「我不怕！」，因為大喚出了「我不怕！」，則更加的害怕和膽怯。

其實，我和我的現實，就是一個人在面對他的奧斯維辛；而寫作，正是一個膽怯的孩子在恐懼中發出的「我不怕、我不怕！」的自招自認的吼喊。這種吼和喊，正是你最大的膽怯、恐懼和不安。

每天都想哭一場

這些年，我不停地寫作。無論身體多麼不好都在寫。只要在家幾乎每天都在寫。散文、小說和關於我對小說認識、解悟的理論或隨筆，但我真正想寫的一本書，卻不是這一些。而是一本書名叫《我為什麼每天都想哭一場》的書。它不是虛構，不是小說，而是一本「心緒紀實」。其中這本書要記述什麼，我完全說不清；具體會寫什麼內

容，我也不知道。然而，在幾年前某一天，偶然的一瞬間，想到「我每天都想哭一場」時，就總是想要去寫它。這本書的這顆種子，就這樣在內心播下了，生根發芽了，什麼時候結果或開花，是沒有確定季節日期的，但它的根芽，卻是在你內心年年月月、枝枝蔓蔓了。

說起來，相當酸溜溜，我是很不像一個男人的人。也許這樣說，就不該是一個有一絲血性的男性作家說的話——我大約是世界上最沒出息的男人了。我經常獨自一人呆着時，因為什麼事，想着想着就哭了。有時會淚流滿面，泣不成聲，莫名其妙地哭上很長時間。有一次，也就在三年前，我在我家窗台上看着樓下的一座佛塔，不知想到了什麼，也許因為佛教讓我想到了死亡，就忽然哭得稀里嘩啦，坐在地上獨自淚流，像一個孤兒樣，直到哭着哭着瞌睡走過來，把我帶到床上去，還把枕巾哭濕了一大片。

還有一次，我和妻子因為一件很小的事情有了爭吵，爭吵後她上街去買菜，還問了我一句「中午吃什麼？」可她走了後，我不知為什麼哭得不行，直到她買菜回來，看見我兩眼通紅，問我為什麼哭？我才止了淚水止了哭。為什麼哭？不知道。真的不知道！她不知道，我也不知道。可我就是覺得現實生活沒意義，像是集中營，有那種無法擺脫的焦慮和不安、恐懼與無奈。可一想到死亡和肉體之解脫，會又覺得恐懼、無奈就是你的生活之本身，焦慮不

安就是你活着的過程和必然。於是，你無話可說了，默認一切了。對命運的沉默，成了你命運的本身；對現實的無奈，成了你生命的本身。於是，寫作就成了你生命唯一的意義和存在。

我從來不相信我這一生能寫出如別人寫的那麼好的作品來，可我必須就這麼一日一日地寫下去。

我從來不明白，寫作在我的後半生，到底有什麼意義和存在之價值——如同我非常明白，我的早期寫作是為了逃離土地和對抗、背叛命運樣，而後半生對寫作的意義，是如此的糊塗和模糊，但卻又就只能這麼一字字、一篇篇、一部部地寫下去。我不能不寫作，又不知道為什麼要寫作。現實世界就像我的奧斯維辛樣，可我寫出的文字除了對它的審視、恨怨、批判，但卻又確確實實含着一層愛，猶如一個從監獄逃出來的人，對監獄生活的愛與懷念樣。我不知道為什麼。對此我什麼都說不清。但似乎可以感受到的一點是，在寫作的過程中，手握鋼筆、面對稿紙時，我感覺我是一個真正活着的人，活得有些尊嚴的人。

去年四月份，我在香港浸會大學，因為手寫，幾天時間都不開電腦，可這時，卻接到北京的一個電話，說你的郵箱有美國某某某給你的郵件了，你應該好好想想這件

事情了。然後，就因為這個電話，幾天間我徹夜難眠，連續幾天都要半夜起來寫作和閱讀，直到精疲力竭，重新回到床鋪上。我家被強拆時（又說到了這件事），有人暗示我公安已經介入了你的生活、調查你的過去了；說你該閉嘴、停筆注意了。於是我就又開始坐臥不寧，焦慮不安，連出門和人談談這件事的勇氣也沒了。連在微博上把被強拆和強暴行為的場景敍說一下的勇氣也沒了。我是那麼的懦弱，像一隻在山野找不到家的羊；又是那麼缺乏勇氣，活得如一條溫順無奈的狗。我恨自己無能力、無骨氣。文人的氣節，在自己身上如同一棵見風就倒的草；可你又那麼明白自己能做什麼和不能做什麼；該做什麼和不該做什麼。於是，就在生活中膽怯和恐懼，焦慮和不安，猶豫和矛盾，在寫作中逃離、逃離、再逃離。寫作成了你對現實的回避所。小說不是你對現實的直接之映照，而是你內心逃離的場域和描繪。用各種各樣的方式講故事，講各種各樣的故事去。就這樣，你用寫作去逃離，而逃離又顯示出某種好像的背叛和對抗來。似乎是因為逃離而對抗；因為對抗而背叛；因為背叛又似乎更介入。這就是你的寫作與生活組成的悖論圓環鏈。你就被這個鏈環鎖就着你生活和寫作，寫作和生活。到最後，生活不一定是你的寫作，但

寫作必然是你的生活了。生活不一定影響你的生命，但寫作就必然是你的生命、並影響你的生命了。

因為這個悖論的鏈條和邏輯，當現實成為你的奧斯維辛或部分地成為你的精神集中營，而你又沒有能力在現實中反抗與背叛，你就在你的寫作中逃離和背叛了。你借助小說，試圖把自己從現實的懦弱中解救出來。於是，你的寫作自然就朝着「從逃離到背叛」的方向走。朝着似乎最有獨立人格的那兒去。朝着做一個寫作的「判徒」去努力。這種「叛徒」的所指和形成，不光是小說的內容、故事與人物，還有藝術本身的諸多元素，如敍述方式、語言行文、結構技巧和文學中的文學觀與世界觀，一步一步，就開始如脫韁的馬樣朝着遠方奔過去；朝着不被接受和不可以容忍的方向奔過去；朝着更被誤解、誤讀的方向奔過去。如《四書》和剛剛完稿的《炸裂志》，它們對中國的現實世界是逃離的，又是背叛的，可卻又以這種逃離、背叛完成着直接的介入和真實。而在小說的藝術思維上，它也是逃離的、背叛的，企圖在中國小說的敍述上，完成一種新秩序，而不是中國小說那種集體的、固有的，被包括政府機構在內的讀者和批評家，都能認同和接受的。而結果，《四書》壓根就在中國沒出版；《炸裂志》的命運也還難料定。

你最希望讀者讀到的小說，不能用母語在本土出版時，你體會到一個人自己把自己的靈魂放逐到遠方的「靈魂流放」的荒冷了。理解了把那些不同政見的異己人士，趕到異國、異地是何等的聰明與智慧，如同讓拳擊手離開拳擊台，到沒有對手的空無裏，去對着空氣使用你的拳力和拳技樣。而讓一個自內容到形式、從思維到想像，都有背叛傾向的小說「流放」在外邊，其實也就是讓你人活着，而讓你的精神在外飄蕩和漂浮。讓你的人生是落地的，卻又有一種頭暈目眩的漂浮感。

　　必須要承認，這種身體在地的漂浮感，遠比讓肉體和靈魂都在母語的土地之外流蕩、流亡的漂浮更為溫和與踏實。但在某時候，對於某些人，這種在地的漂浮感，卻讓人比被流放國外有更多的焦慮和恐懼。因為徹底的流浪、流蕩與流亡，從某個角度説，也是徹底的一種解放和開始。但讓你的雙腳始終踏着母語的土地，而讓你的寫作 —— 精神與靈魂 —— 去流浪與流亡，而又使你不能有一種徹底性，只能有一種嚮往性；不能有一種完全自我的獨立性，而只能有那種軟弱、懦弱中的倔強性。於是，不安到來了，恐懼到來了。現實世界就永遠成了你的精神集中營。而寫作，因為從根本上不能使你的精神解放和自由，而只能是你的精神有種流蕩、流放的漂浮感，並不可以讓

它真正逃離和背叛。那麼，離開寫作，我們又能幹什麼？除了寫作，你別無他有。而寫作本身，又難以自救。不能放下筆的人，只能寫下去。如此的寫下去，恐懼、不安、焦慮和背叛的可能和不可能，就永遠和你在一起糾纏和羈絆，就永遠與你終生同行了。

在高度集權與相對寬鬆的天空下

　　現在，我們來設想這樣一種境遇：

　　有一隻猛虎被從鐵籠中放了出來，再也無法把它收回到籠子去。如此，就面臨着以下幾種情況：一是管虎的人，一槍斃命，把這隻老虎置於死地。可那樣，這個管虎的人，就失業回家了，沒有工作了。二是放虎歸山，讓這隻老虎自由、隨性、佔山為王，與森林、天空、河流為伍，成為真正的自然之子。這樣，管虎的人也無事可幹了，成全了老虎，而犧牲了自己的職業、權力和被遊人敬畏的尊嚴，無所事事，最後也只能是老虎歸山，自己歸田。第三，既然不能把老虎收回籠內，又不願把它放逐曠野與山脈，那麼最好的辦法，就是給老虎一片相對原生態的養地，讓它在一定範圍內自在遊蕩，再適度地餵它一些食肉，使它在限定中自由，而不那麼那麼急於衝出這塊限定的界地，歸回純粹自由之山川；而這位養虎之人，因為手中有老虎的食需鮮肉，老虎就不會走遠離去，也不用一定要收圈入籠，讓飼虎者冒着虎再入籠的傷血之險。而且管虎人——那位飼虎者，也保留了自己的工作、職位、薪

水和管虎、飼虎的樂趣，同時還依舊保全着他管虎、養虎的威嚴、權力與在遊人面前的尊嚴。

看來，在老虎離開籠子之後，最好的人虎關係是第三種。

這第三種既放又養，既放又圈的關係，正是今天中國政治與中國市場經濟、中國式集權與中國文學的特殊關係。可惜的是，中國文學不是美麗的斑虎，而是比較溫順的綿羊。

陰霾和陽光交錯間的經濟地帶

談論中國文學，有些無法避開的話題，猶如船隻與車輛避不開大海與公路。如政治，文學可以避開政治而文學，且作家對政治的逃避如要逃避瘟疫樣，但在有時候，在某個環境裏，政治會半夜鬼敲門，借住在你家客廳內，於是，你就無法逃避並視而不見了。

曾經說過的問題——在中國，沒有一個作家的寫作可以真正逃離審查制度的過濾，如此，哪個作家可以說他的寫作和政治無關呢？當然，談到中國作家乃至世界上很多作家避之猶恐不及的政治和權力，要說清的是，中國式的政治和權力，和三十幾年前毛時代的中國絕對集權以及今

天北韓式的絕對集權是有所不同的。這個不同的最大特點是，就是中國經濟上的高度開放與政治上的盡力緊縮。在這個緊縮與開放的悖論中，市場經濟如同放出牢籠的那隻虎，可能再也無法真正收回籠子去，無法關閉門扉把它徹底圈起來，就不能不給它一塊相對寬鬆、自由的天空和闊地。如此，為了讓這隻猛虎能如汽車沿着公路樣朝着可掌控的方向走，而不是一隻可以自由隨性的漁船，在大海中可東可西，可南可北地的隨性去航行，那你就必須給這已經放出籠子的虎 —— 市場經濟、人們的思想與言論相對 —— 僅僅是相對的寬鬆和自由，以讓市場經濟自然、自由的規律可以透氣和呼吸；讓人們自由的言論和思想，可以在縫隙中喘息與生存。於是，中國政治與市場經濟，就成了虎與肉的關係。政治不給市場經濟一定的寬鬆和餵養，它餓極時不僅會傷人，還會撞塌權力的台柱和基座；而給了它太為闊大的天空和寬鬆，讓它徹底獲得它本該擁有的自由後，它會因為自由而有力的奔跑和跳躍，從而拖垮、拽倒集權的座基和座椅。

中國式的集權與相對寬鬆之自由，正緣於中國式的政治與市場經濟之關係。在一種民主制度下，讓山歸山、水歸水、虎歸虎，那麼山水、老虎、林木和其他的禽獸，都有其個體，但又同屬於自然之整體。所謂自由與和諧，

也正是讓水繞林、虎歸山；讓山有虎、林有雀的自然歸於大自然。但在另外一種集權制度下，那就是讓虎在籠內，自然山水都在權柄下。即便是林木與花草的枯榮與落敗，四季風雨的到來和走去，也都要努力掌控在權力的控制和計劃中，花開與花落，春夏與秋冬，都在權力的控制、安排下。

然而，今天的中國，卻不在這絕對集權和寬鬆自由的二者之中，而在二者之間，左腳跨東，右腳在西；一邊是集權，一邊是相對之寬鬆。世事萬物，都在權力和相對寬鬆之胯下。那胯下，是一片比手掌大出些許的天和地，一切的自由，都在這胯下安頓和排演。自然，這也讓權力的雙腿、胯部和身軀，勞累、精竭和不安。因為那胯下的出籠之虎，總是想要回歸山川，獲求它的天地，所以你需要適度、適時地餵養與奉飼。餵多、養壯了虎的身軀，它會掙胯而去；餵少了、餓極了，它又會咬腿傷胯，弄出一片的血傷來。這就是中國！這就是中國高度集權與不能徹底收回的自由市場經濟的矛盾和關係。而文學，正就在一邊是相對開放的經濟，一邊是高度集權的政治的雙重天空下，生存和呼吸，發展和寫作。

集權是文學陰霾的天空，相對寬鬆是從那天空漏下的明媚日光。於是，文學就在這時雲時雨、時日時風的天空下生長、開花、歌舞和歎息。

不可回避的寫作與政治之關係

　　文學可以疏離政治，正如一個不愛重口味的人，完全可以吃素樣。三十年前，中國是「文學要為政治服務」。文學是政治的一個部分，文學隸屬於政治之下。文學不關心政治，監獄就會關心作家。而今天，於文學言，應該說情況有了天覆之變。文學不僅可以不關心政治，而且作家的寫作，倘是有能力和法力，還可以大於政治、高於政治，乃至於導引政治。

　　文學疏遠和逃離政治，這是很多作家的寫作立場和原則。因此，有很多好的作家和作品，如被中國作家敬若神明的卡夫卡，其作品是完全可以和政治剝離開來去說的。中國古代作家陶淵明和現代作家沈從文，也都因在寫作中成功地逃離政治和現實而被後人仰視着。現在要說的事情是，當政治不僅是政治，而且成為我們每個人生活的一個部分時，成為我們必須面對的日常生活時，或者說，當政治和我們的日常生活混為一潭，水乳交融，不可分割時，我們還應該疏遠、逃離、回避政治嗎？

　　中國自 1949 年之後，人們的日常生活，從來就沒有和政治分開過。不僅是政治左右着人們的日常生活，而且是政治完全滲入了日常生活，建構了人們的日常和瑣碎。知識分子能把「反右」從自己的日常、人生、命運中剔除

出去嗎？所謂的「三年自然災害」，全國餓死數千萬人口，幾乎家家饑餓、人人饑腸、墳塋遍地，這究竟是政治集權所致，還是蝗蟲、旱災的結果？當我們面對這場人類的災難時，我們能只去描寫饑餓而絲毫不去考慮政治、權力、人禍之根由？

文革是中國所有人的一場革命，也是所有人的十年之日常。

就是到了三十年後的今天，在「六‧四」之外，動盪的大政治從我們的生活中有所退場，但卻在另一面，政治對我們生活的影響卻更加細碎、尖銳和無處不在。如果我們不去關心一個大學生在勞教所「躲貓貓」的死去，不關心一個人的生命在監管中「洗臉溺亡」，因為這些「特殊事件」都太有偶然，都為個案，都太「政治與現實」，那麼，我們每一個人都必須面臨的住房、計生、教育、醫療、就業、下崗、進城打工、強拆事件、城鎮化發展，每一項，每一例個案，又都必然牽扯到我們的制度、腐敗、透明和公平與公正，還有貧富差距與新階層的形成，這些又哪能徹底、清白地和權力及政治劃清界限、脫開干係呢？

幼兒園的天空，充滿了兒童們純真的幻想與陽光，如果每次談到幼兒教育，就談到幼兒教育的腐敗，也未免僵化和小題大作。小說中寫一個進城打工的青年，不一定都要去寫城鄉差別和中國的用人制度和戶籍制度，以及城

市擴張對鄉村的極度壓迫。文學是多樣的。今天也是文學可以多元、多樣的一個相對寬鬆的年代。正如我們的幼兒之教育——幼兒園既是少兒成長的美好園地，可也還是隱含政治在內的社會之教育。文字的筆觸，在這兒完全可以百分之百的美、善、陽光和健康，但如果有文章和文學，在這一聖潔之處對教育的弊端，有更深刻的思考和批判，也是應該與必然的，不該文學相遇權力和政治，就是非文學而要批評的。今天的中國社會，人心到了前所未有的複雜期。什麼樣的社會結構、形態、善惡，都可在生活和人心中呈現和發生。一切生活——仍如最為潔淨的幼兒園，都滲透着權力、政治的污染和破壞。如每年幼兒報名入園這樣的小事情，都會在登記幼兒名單時，同時要登記幼兒家庭之背景，要弄清幼兒的父親、母親的職業與職務，這比幼兒的姓名、愛好更為關鍵和重要。如果哪個兒童的父母職高權貴時，這個兒童在他（她）的幼小成長中，就會得到相應更多的照顧和特殊。這是世俗的，也是權力所賦之必然。因此間，也就使得天真無邪的孩子們，一上幼兒園，就明白權力在世俗中的意義和不可缺獲性。因此間，也就在每年六•一兒童節，形成了兒童家長都要給幼兒老師「送禮」這一可笑的畸形之慣例、之奇觀。就此一普遍的小事之特例，它是日常的、普通的、世俗的，同時卻也是政治和權力對世風的異化之結果。就此而言，在這樣的

日常小事中，我們能把「權力」和日常各分東西嗎？能把政治的腐敗從最潔淨的去處剔除出去嗎？如此就更不要談各行各業、各部門的權力和政治腐敗之侵蝕、影響了。

我們要面對的問題是，文學可以疏遠政治，但生活卻不能逃避政治。一如一個家庭，可以關上門窗吃飯和言論，可以盡力把家庭日常和社會現實分開來，但你分不開的是每個家庭都必須的兒女讀書、畢業分配、就業失業、購房醫療等最基本的人的生存大元素。當人無法和這些人生的生存元素分開時，生活就無法擺脫權力、政治、社會的干預和影響。政治和權力，就無孔不入地影響和滲透到你的生活、生命了——這就對中國作家因為歷史上政治對文學長期的引領和干預（今天也依然如此），而導致的文學要疏遠政治的集體共識提出了一個疑問來：

文學可以疏遠政治，但當政治成為我們日常生活和不可回避的人生時，我們該怎樣面對這樣的生活、人生呢？

「9・11」這一舉世震驚的恐怖事件，毫無疑問是駭人的國際政治事件。文學、電影等藝術可以去面對它，但基於藝術多元、豐富的元素，當然也應該允許無數的作家、藝術家去疏遠它，回避它。而隨着時間的推移，如果有一天當這一政治事件和恐怖主義成為人們的心理元素，滲入到幾乎所有的美國家庭和大多數人的心理日常時，文學與藝術還可以回避、疏遠、視而不見這一事件和它的影響

嗎？這就是問題之所在。中國的政治對人和人們生活的影響，很像今天「9．11」事件和恐怖主義對無數的美國家庭和美國一代、又一代人的心理之影響。我想，如果所有的美國作家無一例外地都來關心「9．11」和「9．11」對美國人的心理影響是不對的；但所有的作家都採用遺忘、回避的態度來疏遠、逃避這些也是不對的。要允許有作家對政治充耳不聞；也要允許有作家對政治、權力、腐敗和黑暗的現實與歷史的關注和思考，尤其在人們都還生活在極度集權的天空下。因為文學最重要的目標之一是，對人性、情感最複雜的描繪和見證。而當這種人性、情感的緣由、根起又與制度、權力、政治、公平、自由密不可分時，文學回避了這些，就等於凝視一棵樹木的枯榮時，有意去忽略它的根土與季節。當政治滲入到每一個人的日常生活時，作家集體對政治的逃離是可笑的，也是可悲的。對今日中國寬泛、複雜的政治言，文學逃離、疏遠權力和政治，也是政治與制度不戰而勝、並正中下懷的。

文學高於、大於政治，
是作家面對現實與創作的大境界

政治允許今天的中國作家以「純文學」的名譽疏遠、回避它，是政治的一次開明和進步，一如父親允許兒女除

了讀書，不要過問家事樣。然而，允許你不關心社會、現實、權力與政治，卻不允許你關心現實、政治與權力，這就是進步中的陷阱和開明的掉軌了。是國家政策和政治家對文藝干預的策略和手段，乃至於是一種預設的「文學陰謀」了。真正的開明、進步與開放，是要允許作家對日常、細碎和人的情感、情調、情緒及由此牽涉的人之內心、靈魂的關心與關注；但同時，也要允許並鼓勵作家，由於社會的現實（如尖銳的權力與政治），對人的生存處境的逼迫、擠壓所造成的境遇的思考與關注。要允許作家透過對現實的正面逼視去關注人心和人的生存之困境。如果造成現實中人的生存困境的是政治、制度和權力，那就應該允許作家去關注社會的政治制度與權力；造成人類生存困境的是資源和環境，就允許作家去關注資源和環境。如中國的環境與保護，惡劣到在北京之街頭，人都無法行走與呼吸，到了似要窒息的境地裏，一個小說家難道還不能從文學、生存的境地去思考和描述這一境遇嗎？眾所周知，中國的環保問題，是由一味的經濟發展帶來的。而經濟的畸形發展，又是由權力和社會的政治制度造成的。由此假如一個作家在關注人的生存境遇和環保時，它可不可以去思考政治制度和社會制度呢？事實上，真正寫作情況是，文學單純的關注環保是可以的，乃至是純粹的，詩意

的。但把這一關注延伸到現實中的政治與社會之體制，就必然會遭到禁止了，就要遇到思考和探究的紅燈了。

需要探究的一個藝術結節正好在這兒：難道藝術關注現實、政治、權力、體制就是深刻嗎？就是思想嗎？不關注就不夠深刻和缺乏思想嗎？這是所有讀者和作家遇到的尷尬和看似簡單、卻從來沒有說清過的一個疑問。一如是殺雞取卵好，還是養雞等蛋好那悖論的兩可與猶豫。殺雞是一種終結，但卻是一種美味；等待是一種期待，但卻也可能是饑餓和最後到來的虛無和無果。每一個想要回答這一問題的作家，都勢必在兩難的怪圈中，躊躇和徘徊。但文學創作的已有回答是，我們不能簡單地把美國作家的《瓦爾登湖》、《沙郡年紀》（*A Sand County Almanac*）與《星‧雪‧火》（*The Stars, the Snow, the Fire*）和奧威爾的《一九八四》、《動物農莊》及土耳其作家帕慕克的《雪》，去放在同一平台做比較，由此結論出了誰好誰劣，誰更有藝術分量和價值，一如同是美味，我們不能說猴頭比燕窩好，海鮮比禽肉好。文學的奇妙，就在這個價值的結節上，它既有可比性，又沒有可比性。一如我們不能問中國的京劇好，還是我家鄉的河南豫劇好；不能說美國的黑人爵士樂一定就沒有白人的鄉村音樂好，或說爵士樂一定就比鄉村音樂好。舞蹈和歌劇，同屬於舞台藝術，但卻是不

同的舞台藝術。在寫作中疏遠政治和權力，是一種創造和寫作，但接近和直面政治、現實、權力的，同樣是一種創造和寫作。基於中國作家在近百年來，尤其 1949 年以後在藝術上受到過多的革命、政治和權力強烈而無休止的擠壓與干預，作家、讀者、批評家，形成的基本共識是，文學疏遠政治是一種「純藝術」，而親近現實與政治，則為「嚴肅」而非純粹的藝術價值觀。這種文學的純粹觀和現行的國家文藝政策，允許並鼓勵文學對現實的疏遠與回避，如在讀者和市場間大行其道的類型化寫作（如穿越文學、鬼怪小說等）與盛行於年輕一代作家的自我、情調與青春化的美傷的寫作會得到褒獎樣，但與之相反的，卻是不允許和不那麼允許你對現實和現實中人的境遇去關注和思考的。這就對那些真正願意對現實、歷史承擔起責任的作家，提出了更高、也更具體的要求來：那就是，文學在關注現實 —— 被權力和政治浸淫、滲透的現實生活時，作家必須站在更高的層面上，不僅是你的寫作是關注現實的，也是高於、大於現實的；要求你在關注政治時，不僅是政治的，還是生活（非政治生活）的；不僅是生活政治的，還要高於、大於這種生活的政治和被政治浸淫的生活。

對於作家言，這種文學要高於、大於生活的政治和政治的生活，尤其是被政治徹底浸淫的日常、現實的社會生活的要求，和很多人說的「文學要超越政治」是不同的。

「超越」，它的本意也是高於和大於，如同公路上一輛賽車對另一輛賽車的奔馳超越樣，你必須是在本公路和本賽道上的超越和領跑，但在中國文學那兒，所謂的「超越」，是指那種對政治和現實的疏遠和繞道。是指那種過分沉浸在藝術形式之內和現實生活之外的寫作。當這種脫離跑道、車軌的——疏遠尖銳的社會生活、回避人的最直接困境因素的寫作，被共同視為是「超越」的寫作時，那種寫作是可以稱為某種藝術的「軟寫作」。那麼，我們就來基於這個「超越」後的軟寫作，而談論對現實最直面的、決不回避的那種大於、高於的「硬寫作」。

是的，中國作家的寫作，正有着直面的「硬寫作」和疏遠、回避的「軟寫作」。但在所謂的不回避任何現實矛盾、尤其不回避被政治浸淫的現實生活的那種硬寫作中，最忌諱的是粗淺、簡單，不能高於和大於。而高於和大於，就是要求你在硬寫作中始終不能脫離文學對人、人的情感與靈魂以及人在社會現實境遇中的精神處境的洞察和把握。

中國的「重慶事件」，早已是全世界關注的焦點。毫無疑問，全世界人都明白這個事件是中國的政治事件。而這個事件也是所有中國人、中國作家在飯桌、茶樓永不忘記的最重要的話題和談資。但是，卻沒有一個作家想起要去進一步的了解它和寫作它。為什麼？因為它是太大的政

治事件了，是太大的敏感和機密；另一方面，中國作家也覺得它太現實，太尖銳，文學上的意義難於高過和大過事件之本身的政治隱含和爭鬥。我們以這一事件為例，所謂的「文學高於、大於政治是作家面對現實的大境界」，就是要求作家有能力、並對此有刻骨銘心的體驗與觸動時，可能或願意，去對此寫作（創造）時，要求作家翻越和穿透「重慶事件」的迷霧之本身，回到「重慶事件」主人翁薄熙來和谷開來，以及它的兒子薄瓜瓜和王鐵軍與英國人等所有各路人物及重慶眾多市民的生存和精神困境上——要明白，薄熙來、王鐵軍、谷開來這樣職高權貴的人，在做為人的生存、精神困境上，他們的內心和靈魂，是要比我們一般人更為焦慮不安的，更為虛妄虛無的，更為複雜和豐富的。文學如果能從這一高過、大於的層面上，寫出重慶事件中所有人做為「人」的靈魂和困境來，也許就算是作家有了我們說的「高於、大於的大境界。」這一點，說得淺顯明瞭些，美國作家卡波特的《冷血》，是在高於、大於事件本身做出嘗試的（儘管上世紀六十年代轟動美國那一殺人滅口、慘絕人寰的事件和政治無關），但我們不能不說，《冷血》是穿透了事件，回到了人的靈魂上，從而也超越了事件本身的。另一個例子是，馬奎斯的《族長的沒落》（*The Autumn of the Patriarch*），這部作品也是大於、高於社會政治而進回到文學本身的。當然，我想最成功、

最偉大的典例還是中國人最熟悉的《紅樓夢》。毛澤東這人為什麼把它當成一部充滿政治意味的「封建資產階級的沒落史」？那是因為這部偉大的小說中，無處不在着權力、政治所浸淫徹透的大觀園的現實和細碎，倘若我們可以把《紅樓夢》中所有的土壤都扒開來，我們將四處看到權力與政治的白骨和腐血。但是，因為曹雪芹的偉大，他真正、徹底的高於、大於我們說的現實、社會、權力、政治了，回到了人和人的境遇中，從而是一部《紅樓夢》，不再是一部「生活的政治」和「政治之生活」的小說，而是一部偉大、不朽的文學之名著。

回到「重慶事件」和「薄系家族」上來，如果是卡波特去寫，那會是一部所有人內心紀實的「冷熱血」；如果是馬奎斯去寫，那會是一部新的虛構和想像的家族「魔幻史」；而如果是曹雪芹去寫，他會寫出一部真正大於、高於這一政治事件和「薄系家族」的「紅樓白樓夢」。這兒作為一個中國人，中國的讀者和作家，我說的大於和高於，在面對重慶這一政治事件時，是希望「重慶事件」和「薄系家族」成為新的曹雪芹的「紅樓夢」。

我在權力、政治層面寫作的得與失

回到我自己的寫作上。

我不認為我寫出了多麼了不得的作品來。中國有很多優秀的作家，他們的寫作正如中國的經濟樣澎湃噴發，不可阻擋，但也伴隨着寫作本身的諂媚和無力，荒謬和扭曲。寫作本身無力、諂媚的荒謬，是作家的悲劇，但社會現實的荒謬與扭曲，對國家和社會是件壞事情，對文學就是一件好事情。只要作家敢於面對權力和現實，在荒誕中寫作，在扭曲中尋找和思考，也許文學之樹就長出了不一樣的枝葉來，結出了不一樣的果實來。如同一棵樹，從懸崖的石縫中發芽，扭曲着身子生長，最後就有了最美妙的一處景色樣。中國文學就是這樣子。所有的作家，都在極為荒誕、殘酷、豐富的現實中生活和寫作，寫出了各式各樣的作品，培養了各式各樣讀者，難為了各式各樣的批評家。而我這兒說的在「高度集權與相對寬鬆的雙重天空下的寫作」，就是這各類寫作的境遇之一種。是一種扭曲、變形的矛盾和思考。是作家在半是海水、半是火焰；半是風雨、半是光亮的時冷時熱、忽燥忽寒的「中國氣候」中的寫作的生存和寫作的退守與抗爭。

　　在這個「忽冷忽熱」中，「軟寫作」得到了溫暖，「硬寫作」收穫了寒涼。但是，彼此在短時間內，又不會跨界和妥協，又都在寫作中施展和進取，這就不得不在這寒冷交錯中，停下腳步，思考未來，總結當下，以便在未來努

力的「高於、大於」中，不使自己寫作的筆尖斷掉在稿紙上。

就我的寫作言，大約是從來沒有放棄過和中國現實與歷史的對峙與關注。那種近距離的凝望與聚焦，使你和現實與歷史構成了極度的緊張與不安；使你對人或說「中國人」的認識，也失去了人們可以接受、樂於認同的那種「美」。從而使幾乎所有的讀者，都以為你是那種「硬寫作」，具有某種「對抗性」。我不否認這一點。我想說的是，如果都這樣簡單認為時，你小說中「柔和美」、「暖和愛」的一面就被遮蔽了。久而久之，自己的寫作也會在這種難以判斷的半褒半貶的評判中，變得猶豫和模糊，從而失去自我，失去中心，失去做為作家對「柔美」、「傷感」的感受力。也許我確實正在失去這種感受力。因為寫作在社會、權力、現實對人的擠壓上的聚焦過多時，而對具體「人」和個人會失去最柔嫩的體味、洞察和溫暖。我需要警惕這一點。需要彌補、豐潤這一點。需要在「硬寫作」中汲取「軟寫作」的細嫩與柔美。

不能否認，中國作家是在高度集權與相對寬鬆的扭曲環境中寫作和生存，但要警惕，寫作疏遠和有意回避中國最尖銳的矛盾和哪種被政治浸淫的歷史和每日每時都正在浸淫着的現實生活時，而在相對寬鬆中漏落的陽光下，也

有花開和綠草，也有人的美好和柔細，也有面對生存困境的知足和微笑。一句話，「硬寫作」不能排斥某種更具文學意義的「軟寫作」，「高於與大於」，要汲取某種「軟寫作」的養分和滋潤，使這種「高於與大於」，可以跨越卡波特的「冷熱血」；跨越二十世紀荒誕和魔幻的文學屏障布，寫出新的、現代的「高於大於」後的「中國式小說」的「紅樓夢」。

第二，這種對現實的高度關注，對硬寫作的崇尚，正在讓我失去對普通人最日常的關注、關照和心靈的愛。對土地的情感，也因為對日常的遲鈍而變得模糊和失去敏銳性。我的寫作，註定無法離開故鄉的那塊生我養我的土地，如福克納註定無法離開他的「郵票之鄉」樣。可今天，當我離開那塊土地三十幾年後，儘管年年都還要回到那塊土地上居住和生活，但我和那塊土地上的人，卻愈來愈無話可說了，沒有共同語言和相同的思維了。今天，我回到那塊土地上去，好像不再是因為你是那塊土地上的人，而是因為那塊土地上還有你的親人你不得不回去。你不再能理解那塊土地上人們的說笑、爭吵、閒扯和對柴米油鹽的情感與執著，更不能明白他們對物質人生的強烈追求和對精神荒蕪的那種淡定與自然。也許，你已經真的不再是那塊土地上的人。僅僅是因為你為了寫作要從那塊土地上索

取、搜刮故事、人物、情節與細節，你才要回到那塊土地上去。

每次回到老家裏，我經常和我的哥哥相對無言，坐半天說不出一句話。

仍然是每次回家，都和母親睡在同一間房屋內，可你已經不想再聽母親翻來覆去說了幾十年的車輪子話和鄉村生老病死的故事了。

好像，和我的姐姐們也很少坐下來，聊聊侄男甥女的生活、生意、工作和耕種了。

這是真實的，也是非常可怕的。這都在寫照着我正對那塊土地產生着厭煩，失去着情感，對日常、世俗的生活變得沒有耐心，而日日增加的，卻是對世事的厭惡和對人心感受的遲鈍和麻木。

第三，因為對「高於、大於」的追求，我的寫作正在對文學的「小」，失去敏感和愛意。如果寫作中的硬寫作和軟寫作是成立的話，那小說中的「大寫作」和「小寫作」——不是指中國小說中的字數之多少，而是指寫作思考的「大」和「小」——也是可以成立的。比如可以把托爾斯泰的寫作從內容的寬度、長度和深度稱為「大寫作」，而把契訶夫的寫作稱為相對來說的「小寫作」——可這又哪兒能因為契訶夫寫的小人物、小事件就說他是小作家？而托爾斯泰就是

大作家？這個「小」和「大」，是一樣偉大的。一樣具有文學不朽價值的。而且在很多時候的寫作中，契訶夫的小裏可以丟掉托爾斯泰的大，而在托爾斯泰的大寫裏，卻無法丟掉契訶夫的小。正如安娜的身邊不能沒有僕人樣，而小公務員的身邊卻是最好沒有那個將軍的。《戰爭與和平》中寫了那麼多的將軍和軍官，可沒有那成千上萬的士兵還怎麼會有戰爭與和平？

因為對人的頭頂上的權力、政治、社會、現實之關注，我現在，可能正在失去對平常人、平常心、平常事的感受與把握，正在失去對小説之「小」的敏感和追求。從權力與政治的寫作層面説，我重大而輕小，固硬而疏弱。也許我的寫作正在走向偏差和掉軌。在極度集權和相對寬鬆的天空下，我想我不能僅僅看到集權的陰霾，還要看到相對寬鬆中漏落的那一絲陽光對陰霾的微笑與和藹。

天終歸是要晴的，人們終是要爽朗大笑的，我們在集權陰霾中的寫作，也應該讓筆尖散發出未來的光亮來。

沒有尊嚴的活着與莊嚴的寫作

回到十九世紀的俄羅斯文學中，如同倒退着回到一片高大密集的白樺林，風光不是從我們面前迎面而來，而是從我們身後的兩側，滑行而過，分着左右兩片來到我們的眼前。佔着一側風光的是托爾斯泰，佔着另一側風光的是杜斯妥也夫斯基。把他們分開的不僅是他們的文學，更是他們本人所處的社會環境和個人的生活。就是說，托爾斯泰、屠格涅夫（Ivan Turgenev）們，過的是一種貴族或准貴族式的生活，杜斯妥也夫斯基、契訶夫們，過的是一種平民、乃至相對貧賤的生活。這個時候，他們個人的生活、精神和對文學與世界的認識，開始分道揚鑣。在前者的作品中，呈現着華貴、尊嚴、開闊的氣象，在後者的寫作中，則呈現着窮賤、碎俗、糾結的格局。但就文學本身而言，就作家的寫作來說，托爾斯泰的寫作並不就比杜斯妥也夫斯基的寫作更高貴。他們在寫作中呈現出的尊嚴性，不分彼此、難有伯仲。這一景況說明了以下問題：

一、作家本人的生活和內心，決定着作家作品的黑暗與光明。

二、高貴的作品與作家高貴的生活有着不可分的聯繫性。

三、沒有尊嚴的活着，並不等於作家不可以有莊嚴的寫作。

今天，這裏說的，就是「沒有尊嚴地活着與莊嚴的寫作」。

沒有尊嚴的活着

自古至今，在中國，對於有的人來說，穿衣、走路、吃飯、喝茶，哪怕吐痰後用的衛生紙，都必須體現出他高貴的尊嚴來。他們和當年托爾斯泰筆下眾多的人物們，大體在生活上如出一轍。但對於另外一種人，住房、工作、就業、婚姻、生死，這麼尖銳、悠長的命運大事，卻是隨意的、混亂的、無奈的，不含尊嚴的，如同杜斯妥也夫斯基筆下的人物們，契訶夫筆下的公務員，巴爾札克筆下那種為金錢着迷的巴黎市民們。人，總是要在沒有尊嚴的生活中為活着的尊嚴而努力，這是每一個普通人的基本心願。這些普通、基本的心願，一個累加一個，就構成了人

類的理想。《鐘樓駝俠》中的那個駝背畸人卡西莫多，他活得那麼卑微，卻那麼又有人的尊嚴，因此這個人物震撼、感動了眾多世界的讀者和觀眾。在人類社會中，階層與群體有尊嚴和卑微，在十九世紀的文學中，似乎比二十世紀的文學探討得更為寬廣和豐富。二十世紀文學，更多的探討了人——這個個體存在之本身。這個問題，一方面是十九世紀人活着的尊嚴探討的深化；另一方面，因為這個問題到二十世紀的文學中，變得過分抽象與哲學化，慢慢的，離讀者和人們的日常生活愈來愈遠了。比如卡夫卡筆下的約瑟夫・K；卡繆筆下的局外人和很多更注重小説形式意識的作家之創作，甚至到後來，會因此產生一些「觀念小説。」作家為了觀念、理念、甚或概念而創作。如個體存在這一點，中國文學在八十年代中、後期，有過有意義的嘗試和實踐。之後文學就又回到了人和人的具體生活上，被所謂的現實主義所束縛。之所以會這樣，是因為中國作家都非常清晰地意識到，中國人的生活是具體的、日常的、物質的。中國人的精神生活主要建立在具體的物質基礎上。「飽食思淫欲」，這是中國古人對中國人生活原則的高度概括——人在吃飽穿暖之後，必然（也才）要想男女之事，男女之情，而不是「人從哪裏來，要到哪裏去」的抽象哲學。中國人、中國知識分子並沒有那麼注重「個

人」與「精神」，而他們更在意、追求的是物質——如金錢、美食、女人等。這就決定了千百年來，我們生活的物質性而非人的精神尊嚴性。

沒有尊嚴的活着——這是中國百姓的一個生存現實。因此，我們的文學作品，也就大都是以各種文學樣式呈現着中國人的沒有尊嚴的生活，而非人的那種有尊嚴的生活。生活是這個樣子，文學的呈現也是這個樣子。中國式的現實主義，總是說文學形象要源於生活，高於生活，而這一點，好的作家們終於「齊心協力」，與這種文學的口號，做了共同的敷衍和抵抗，使中國的現實主義沒有高於生活，而是浮游在生活的水面上。就現實而言，在今天的中國，幾乎每個人都在沒有尊嚴的活着，窮人和富人，權貴和百姓，都生活在缺少人的尊嚴的現實中。窮人與百姓，在為油鹽醬醋活着時，是什麼人的權利都不要去談的。所謂人權，就是吃飽後的口水。而那些今天在中國商業時代富了起來的人，開豪車、住別墅、用秘書（常常那個女秘書或者女司機，就是和他關係曖昧的人），活得山高水長，有頭有臉，可他卻見了一個科長、處長或局長，都必須恭敬三分、矮人一等，乃至於點頭哈腰，唯唯諾諾。為什麼？因為你的錢是（必須）通過權力掙來的。是權力奉贈你的人生之大禮。在今天中國社會中，商業、工業不和權力相結合，那就沒有贏利、資本和資本的再積累。今

天的中國，法律不是人的尊嚴之根本，而權力才是一切人的尊嚴之根本，之保障。過一種有尊嚴的生活，就等同於過一種有權力的生活。為什麼對權力的崇拜和批判，會成為幾乎所有中國作家——老的、少的，男的、女的，有名的、無名的，即所有、所有作家的共同之母題？問題就在這兒。世界上幾乎沒有一個國家的作家，可以像中國作家這樣在寫作中癡迷於對權力的認識和描寫。沒有一個沒有寫過權力的作家，這就是當今中國文學的一個現狀。為什麼會有如此密集、普遍的描寫權力在文學中之於人的愛和恨？就是因為權力是今天中國所有人尊嚴的保障和殺器——這也包括那些有權力的人。

中國最真理的笑話是：「不到北京，不知道官小；不到深圳，不知道錢少。」我見過一個縣長，他去了一趟省裏，回來很感慨地說：「媽的，我活得連百姓都不如，省長罵我就像罵孫子。」還遇到一個某省的省級幹部，到北京為了工作去送禮，等在一個更高級的幹部家門口，和門口那警衛員點頭哈腰，套近乎說話，就像一個農民見了縣長樣，無非是想知道更高級的幹部在不在家，幾點回到家。當門衛對他訓斥之後，他回到賓館，把帶來的昂貴重禮摔在地毯上，罵着道：「媽的，我連他媽一個農民都不如！」可他哪裏知道，農民去找村長和鄉長，也是要和他一樣受盡屈辱的。當然，這樣說不等於那些高官的高官就在權力

面前更有尊嚴了。權力是一個循環鏈，當那些高官見了國家領導人，國家領導人見了美國總統，美國總統見了那些可以左右他選票和聲譽的人，都有着在他看來有傷他尊嚴的人和事。無非是在中國這樣的國度裏，權力高於一切、大於一切、權力就等於一切。在這個國家糟如爛泥的體制裏，當權力成為人的尊嚴的根本保障和殺器時，權力就成了所有人尊嚴的陷阱和火坑。

一句話，沒有誰可以在現實面前有尊嚴地活着和生活。這就是今天中國的現實和事實。是唯一和必然。過一種沒有尊嚴的生活，在中國不僅是普遍的、絕大多數的，而且幾乎是所有人們命定而無可逃避的。因此，這就又扯出了下一個問題來。

認同世俗的生活

當一個人沒有做人的權利、又希望在世俗生活中獲得那麼一點點活着的尊嚴時，他必定會認同世俗的生活，心甘情願地去過一種世俗的生活。在今天的中國，在昭然天下的現實中，認同世俗的生活，對於知識分子和許多作家來說，是一種自覺而必然的選擇。首先，知識分子和作家們，他們認為世界本身是世俗的，佔百分之九十人口的中國農民，幾乎是俗不可耐的。他們無知、短視、自私，

而又充滿可笑的欲望。魯迅說：可笑之人必有其可恨之處──他在說誰呢？他在說整個中國的農民和當時社會的芸芸眾生們。在中國現代作家中，沒有誰比魯迅更深刻，也沒有誰比魯迅更尖刻，對普通人或說沒有讀過書或讀書不多的人，魯迅是那麼不予理解和寬容，從骨子裏就認定他們是世俗的、庸俗的，俗不可耐又無藥救治的。這個認識成為一種觀念和傳統，被中國知識分子繼承下來了，他們相信農民天生就是世俗的、低俗的。那麼，對於商家與權貴，在中國的文化傳統中，一方面我們的先祖讀書的目的就是為了要做官，要過「黃金屋」般的有錢而富貴的日子；另一方面，又從骨子裏清高、氣節，睥睨這樣的生活和人生。但無論怎樣，他們認定官商本也是庸俗的、世俗的，可又是大家人人嚮往的。當工、農、商都成為世俗中人時，那就剩下了「學」──知識分子了。因此，世界本就是庸俗的，知識分子也自然應該認同這種俗，於是就認同世俗生活了。我有個朋友是中國的名教授，口才、文采都很好，站在講台上，幾乎所有的女孩都會喜歡他，可走下講台後，幾乎所有的女孩都怕他──因為走下講台後，他不顧一切地喜歡（性侵）所有的女孩、女學生。這位名教授，知識分子，走遍中國南北，每到一處都是白天講學，夜間去洗腳屋、按摩室裏找小姐。在和小姐歡樂的過程中，他又總是非常真誠地要勸小姐們好好讀書、重新

做人——做一個有意義和純粹的人。當然，在和小姐分手告別時，他也總是想要小姐少收他的錢，小姐不同意他以他的高貴而抵去嫖資時，他又罵人家婊子就是婊子，終歸是世界上最為下賤的人。像這樣分裂、滑稽的教授、讀書人，在中國知識分子中並不是個案和少數，而是相當多。有相當普遍性。他們是世俗生活中的歡樂派和說教派，是世俗生活中最典型的俗者和知識分子吧。

今天的知識分子尚且如此，我們怎麼還能期望那些「工農兵」？

話題回到寫作上來。作家作為知識分子中的成員，對世俗的認同，本又覺得就是應該的，如同詩人、畫家、藝術家，他們在女性面前的浪蕩，會被他們自己和許多人認為這是上帝賦予他們的權利樣。不浪蕩還叫什麼詩人和藝術家？而作家認同世俗的生活，這也是上帝賦予作家的權利，因為在中國文學中，小說自古就是瓦欄勾市之物，故事為市井百姓之說。認為文學的來源——即世俗的生活。既然小說為瓦欄勾市之物，為世俗生活之品，那麼，它的創作者，又如何可以不熟悉世俗生活呢？如何可以不認同世俗生活呢？如何可以不參與世俗的生活呢？如何可以自己不去世俗呢？

兩年前，中國作家集體抄寫毛澤東在「延安文藝座談會上的講話」成為了一樁文學之醜聞。世界上大凡關心

中國文化、中國文學的人，多都關心這樁事。儘管這個話題誰都覺得說多了，說得爛俗了，但隨着莫言獲得諾貝爾文學獎，這個話題又再次熱起來。我對此的理解，這也就是作家們在對世俗生活的認同、參與之後的一次沒有細思的隨意，如同農民們認為一切的糧食都來之不易，所以不僅會把落在土地中的糧粒撿起來，也會不假思索地把落在骯髒糞土中的糧粒撿起來。我們當然要尊重那些清醒拒絕抄寫的人，但我們也要理解那些因為漫無經心、不加思想隨手去抄寫的人——因為他們過的是一種認同世俗而沒有尊嚴的生活！他們是想從權力而不是人格那兒獲求尊嚴的寫作者。中國作家想做有尊嚴的人，就必須認同世俗之生活。認同世俗之生活，就必須認同、接近和靠近體制和權力，並最終或多或少地擁有權力和榮譽，這就是中國作家的一種選擇的必經之路。

說說我自己——

你沒有抄寫毛在延安那篇著名的講話，但這並不等於你闔就比別人有更高的氣節和覺悟，並不等於你不認同於世俗的生活。別人都是世俗中的塵灰和柴草，而你是世俗中的鮮花和靈芝，是鄭板橋畫的可值天價的氣節竹。不是這樣兒。完全不是這樣兒！我也是俗世之物。也是在許多方面認同世俗的並相當世俗的。比如說，我年輕時候在部隊，所謂軍官到相當於科長、處長的職務時，幾乎每次探

親回家，都要拿着煙酒到我們村長家裏坐一坐。村長按中國的行政級別，就是部隊的班長那一級。部隊上很多班長回到農村就當了村長、村支書。可村長手裏的權利有時候比團長、處長的還要大，他管着一個村幾百、上千乃至幾千口人的人生與命運。而我的父母、哥嫂和兄弟姐妹們，都被這個村官管束着，如此我就能不給村長敬煙敬酒嗎？這種行為是什麼？就是認同世俗的生活。想要有尊嚴地活着，首先就要沒有尊嚴地生活。到今天，我五十幾歲了，我們村的村長是個年輕人，我一回老家，村長還會傳話說：「讓連科到我家裏坐一坐」。那麼，我就只能主動到他家裏「坐坐」了。這是一件小事情，下邊說件大的吧。

現在，你是作家了，年過半百了，有人說閻連科，給你個縣長、局長、廳長你幹不幹？縣長、局長和廳長，我可能真的不去幹。你不願去向權利低頭，你不會去受那當官的罪。可給你一個中國的文化部長呢？中宣部長呢？你能扛住不受這權利的誘惑嗎？我說我能扛住那是說大話，是虛偽和虛假，是你知道這件事情不會發生在你頭上。扛不住，你就必然會向權利認同和低頭；在尊崇權利的陷阱裏掙扎和糾結。實在說，我不是屈原那樣的人。我知道我哪裏庸俗和多庸俗。充其量說，我也就是在世俗的生活中，因為年齡、經歷、命運和經驗，多少知道世俗的深淺，有

一點清醒和理性。但說道底，我也是一個世俗的人，一個認同世俗生活的人。

這就進入下一個問題了 ——

在俗世中做人，而儘量不做世俗的人

說到底，我們是人。我們想要做一個有尊嚴的人。在人的一切都被權力囚禁、牢籠的中國現實中，要在俗世中做人，要盡力不做世俗的人，我們如果不能百分百地做到，還是可以做到一部分或相當一部分。我有一個叔伯哥，他有過一件事情成為了我終生行為的鏡子。農村的家庭，因為孩子漸多，年齡漸大，成家分家是都需要房子的。需要分家蓋房，就需要宅基地 —— 在中國，個人是沒有土地的。所有的土地都是國家的。你蓋房、種地，都要拜求那些代表着國家、政府的執政者，求他們恩賜你土地。「農民是土地的主人」。這句話在中國就是一個屁。是空談，是虛構，是謊言 —— 但我有一個叔伯哥，他是反抗計劃生育的英雄，生了很多孩子，家裏房子住不下，要劃宅基地，那就需要不斷地給村長家裏去送禮、送禮、再送禮。我這個叔伯哥，他就堅決不去送。寧可不劃宅基地，也堅決不送禮 —— 這不是他小氣，就是一個倔。他不

相信世道和人心，會黑暗到毫無天日的那一步。他就這麼堅持了十幾年，一家五、六口人，住在很小的屋子裏，孩子大了無法結婚，直到全村人都覺得不給他劃宅基地說不過去時，村委會才給他劃了一塊風水、出路都不太好的宅基地。因此，他相信世道人心沒有壞到沒有天窗、沒有門戶、沒有一絲光色那一步——你不是最終還是給我劃了宅基地？——這多少有些阿Q的勝利法。但我這個哥，卻讓我覺得他愈來愈值得我去尊敬了。覺得他性格中不光是一個倔，還有着做人的尊嚴在裏邊。現在，我就經常以我這個哥哥為榜樣、為鏡子。一方面，認同俗世的生活，努力理解和親熱俗世的生活，努力理解和親熱俗世中的一切人。甘地那句偉大的名言，非常值得我們醒悟和深思：「在這個世界上，沒有任何人是我的敵人！」還在中國蹲監的劉曉波，也不斷地在說這句話：「世界上沒有任何人是我的敵人。」這是一個偉大的人才有的信仰和靈魂。那麼，他們在為自由而奮鬥中對手——敵人是誰呢？是種族、階級和權利！從這個角度去說，做為一個作家——永生都在探討人的靈魂的人，就要在世俗中做一個理解一切的人；愛一切人的人。我們可以沒有信仰，但不能沒有作為人的信譽；可以找不到真理，但不能失掉尋找的真誠；沒有能力在所處的環境中抗爭一切物事，但可以在這個惡劣、庸俗的環境中，堅決不去謀合一些事情。不能說話，可以沉

默。寧可在沉默中站在路邊，也不在鮮花和掌聲中走在路的中央，站在舞台上。可以做不到這些，但不能不去努力這些。只有如此，我們才可能是一個有尊嚴或有些尊嚴的人。不然，我們真的就淪為阿 Q、華老栓、契訶夫和巴爾札克筆下的公務員，淪為《審判》中的約瑟夫・K 和一個沒有自我的人。

做不到抵抗一切，努力做一個不獻媚、附和權力的人，這是多麼低的標準哦，如果中國的知識分子都有這樣的想法，都努力去試一試，那麼，中國的現實，我們在現實中寫作的人，我想大家就多少會有些做人的尊嚴了。

莊嚴的寫作

莊嚴的寫作是個大題目，可這兒，就只能大題小做了，細糧粗做了。在中國作家的生活和寫作裏，莊嚴的生活是一件事，莊嚴的寫作有時是另外一件事。從傳記作品中，我們可以看到托爾斯泰的生活相對杜斯妥也夫斯基是更為嚴肅的、莊嚴的，但他們的寫作卻是同樣莊嚴、嚴肅的。如果從他們的作品和作品中的人物去分析，我覺得杜斯妥也夫斯基筆下的人物還更為莊嚴些。看卡夫卡的傳記，卡夫卡在他的生活裏是平凡的，甚至也是世俗的，但卡夫卡作品中對人的那種莊嚴性，卻是其他作家無法比擬

的。英國作家毛姆（William Maugham），其生活之庸俗，常常是街頭之笑談，但他作品中包涵的莊嚴性，卻是不可否認的。最好的例子是大仲馬（Alexandre Dumas）和小仲馬（Alexandre Dumas fils），這對父子，他們到底誰的寫作好？沒有可比性。但把《基督山伯爵》（*The Count of Monte Cristo*）、《三個火槍手》（*The Three Musketeers*）和《茶花女》放在一起時，當然《茶花女》是更為莊嚴的。回到中國作家的寫作上來，就是說，求不得莊重的生活，但可求莊重的寫作。就是說，作家的生活因無奈可以是庸俗的，但他們的寫作是可以莊嚴的，也必須是莊嚴的。不能有尊嚴地活着，但可以有尊嚴的寫作。有尊嚴的寫作，是作家之所以還為作家唯一的基石。當作家的寫作失去這份獨立、莊嚴時，那他們的寫作就不叫寫作了，而叫「工作」了。是為了吃飽和穿暖，是為了活着而活着的上班、下班的工作了。

一句話，就是可以世俗地活着，但一定要莊嚴地寫作。

莊嚴地寫作，在這裏有幾個意思：一、對文學自身的莊嚴性。中國作家在現實生活中，有時不得不把文學和生活分開來。在生活中，為了活着，他們不能脫俗，但在寫作中是可以脫俗的。是可以莊嚴起來的。略薩曾經去參與總統競選，曾經差一點當上秘魯的總統，他對權力、政

治的着迷與愛，不是我們可以理解的。要說俗，這才是大俗，可這絲毫沒有影響他對文學的信仰和摯愛，絲毫沒有影響他對文學莊嚴的理解和寫作。捷克作家哈維爾（Václav Havel），你說他是政治家還是文學家？作為政治家，他改變了捷克這個國家的方向和命運；他對政治、權利的參與，就作家而言，誰都沒有他參與得深。可我們來看中國「內部版」的《哈維爾文集》，作為一個作家，他的莊嚴性——這兒我說的僅僅是他的莊嚴性——令人肅然起敬，高山仰止，讓我們汗顏和自卑，都想自己朝自己臉上摑耳光。二、對世俗生活的莊嚴認知。即：在世俗中寫出莊嚴來，而不是在俗世寫出世俗來。這一點，契訶夫堪稱典範，他筆下的小人物們，各個生活都是庸俗的，但契訶夫卻全都寫出了一種莊嚴性。莫泊桑（Henri Maupassant）的《羊脂球》（Butterball）中那些貌似尊嚴的人，各個都活得具有莊嚴性，只有羊脂球是俗爛的，可莫泊桑卻在這幅圖景中，寫出了最俗人的莊嚴來。二十世紀的文學，對人的理解更為自我和根本，因此文學的莊嚴性也更為突出和顯現。三、中國作家如何莊嚴地寫作。莊嚴地寫作，是一種態度，一種立場，一種自覺的選擇。必須承認，一個生活沒有那麼嚴肅、莊嚴的人，照樣能寫出莊嚴的作品來。一個莊嚴生活的人，反倒不一定。這就是說，個人生活的方式並不決定一部作品的莊嚴性。作品的莊嚴性取決於他

對生活和文學的認知及他的文學觀，而不取決於他的生活觀和人生觀。但也許得承認，莊嚴生活的人，更易寫出莊嚴的作品來。更可以持久地寫出莊嚴的作品來。魯迅一生的生活都是相對嚴肅、莊嚴的，所以他終生的創作也必就都是莊嚴的。而中國那個詩人郭沫若，在這方面恰可為另外的典範，那就是他早期的詩和劇的創作毫無疑問都是莊嚴的，而後期的創作，就失去了莊嚴性，甚至不僅是媚俗的，而且是低俗滑稽的。為什麼？生活之使然。人生觀和世界觀之使然。當郭的人生失去人的莊嚴、只有對權利的附庸和膜拜時，他就寫不出莊嚴的作品了，無法進行莊嚴的創作了。這就是說，莊嚴的寫作，不一定必須來自於作家個人莊嚴的生活；但終生書寫莊嚴的作品，還是需要你在生活中終生不渝的人生態度和文學態度的莊嚴性。

中國是一個口號的大國，在這兒，請允許我寫出幾句反口號的口號來：認同世俗的生活，在世俗中做一個有尊嚴的人；在俗世中活着，而不進行世俗的寫作；不苛求他人寫作的嚴肅性，但一定要追求自己寫作的莊嚴性。

我的理想僅僅是想寫出一篇「我以為」的小說來

「文學與理想」，俗常而美好的題目。

下面，讓我把這個題目破解開來，以批評家慣常的方法，分出幾個關鍵詞進行拆解和說明。

首先，我的理想——

說我的理想，請讓我說幾件少年之往事。

第一件，在我小時候，小得如一隻兔子剛會出窩曬太陽，一隻小羊剛能走出羊圈尋找它愛吃的一把草——那時候，我也許是七歲或八歲，饑餓像生死鏈條般，每天都栓在我的脖子上，想要把我吊死在空中，將我的喉管勒成一根無法透氣的枯枝或敗草，想要把我的生命如擲鐵餅的運動員，一下將它甩到狂野的墳墓邊。就是這時候，我的父親在 20 里外修公路的工地上，傳話說讓我去一趟，到他那兒有肉吃。我就在某一天去找我的父親了。我邊走邊問，

一路謹慎，擔心找不到父親，但卻找到了丟失的門扉。然而，吃肉是一椿巨大的誘惑。為此，我一早出門，午時到工地見到了父親。之後，父親興奮地拍拍我的頭，拉着我的手，把我交給了工地上的炊事員。炊事員就把我領進邊上的一間小屋子，給我端來大半碗煮熟的肥豬肉 —— 那一天，工地上殺了一頭豬。同時還給了我兩個白饅頭，然後，他把糊了窗紙的窗戶關上了，把屋門從外邊鎖上了，不讓任何人看見我藏在屋裏正在偷吃肉。

我就在那一片漆黑的小屋裏，狼吞虎嚥，以最快的速度，吃完了那大半碗肉，還又喝完了半碗完全等於是油的煮肉水。從此，我知道了豬肉是白的比紅的香，肥肉似乎比瘦肉更可口。可是，在我從那間小屋出來、挺着肚子要走時，我的父親在送我的路上問：「你全都吃完了？沒給你姐姐留一點？」—— 那時候，我姐姐常年生病，每天都躺在病床上。那時候，我看着父親的目光，來自我內心對吃的、貪婪的懊悔，如同我在路上順手撿了一樣東西，結果卻成了賊一樣。那個週末的下午，我手裏拿着父親沒捨得吃的一塊熟肉，用紙包着回家時，一路上再也沒有吃肉時的香美感；沒有那種幸福感。我一言不發，默默走着，多年之後，今天回憶起來，還有一種無法消退的委屈和愧疚。

第二件事，是我們村裏有個脫髮的病人，男，小伙子，俗稱是禿子。因此他一年四季頭上都帶着一頂帽。冬

天戴棉帽，夏天戴一頂單布帽。天太熱時，也會戴草帽。因為是禿子，因為頭皮有病難看，就沒人會去把他的帽子摘下來。誰突然去摘他的帽子時，他就和誰對罵和打架，並朝死裏打。他敢拿起一塊磚頭朝對方的頭上砸。因為他的頭上戴的不僅是帽子，還是一種他做人的尊嚴和神聖。

　　然而，這一天，村人都端着飯碗在門口吃飯時——鄉黨委書記——那時不叫鄉，叫革命委員會——那天相當於鄉黨委書記的革委會主任，突然把禿子的帽子摘下來，一下拋在空中，讓那帽子打着旋兒朝下落。這一下，他動着小伙子的神聖了，冒犯小伙子的尊嚴了。小伙子大喝一聲，舉起飯碗就要朝革委會主任的頭上砸過去。這時刻，千鈞一髮之際，就在小伙子要把飯碗砸將過去時，就在村人們以為局面不可收拾時，可小伙子下子認出扔他帽子的不是別人，正是相當於鄉長、書記的革委會主任了。

　　氣氛極度安靜了幾秒鐘。那時真是一針落地，猶如一聲巨響。可就這時候，幾秒鐘，小伙子把舉在頭頂的飯碗，又緩緩收將回來了。他用柔和、歉疚的目光看看革委會主任，轉身從革委主任身邊默默走過去，默默地揀起帽子，戴在頭上，默默地離開大家，端着飯碗，悄無聲息的回家了。

　　他走去的身影，柔弱無力，宛若深秋在空中無奈落下的一片葉。這片秋葉在我的頭腦中，從我的少年飄到我的

中年，還沒有找到落腳地，一直地飄着、飄着和飄着，總是飄在我成年累月的記憶裏。

第三件事情是，剛才我說的我們那兒修公路，要在我們村頭的河上建造一座橋。橋是我們那兒自盤古開天後修的第一座鋼筋混凝土的水泥橋。來修橋的是省會鄭州的第一橋樑建築公司。而這公司中有一對夫婦是鋼筋工，廣東人，借住在我們家。這家人專愛吃狗肉，非常讓人煩。可他們家有一個小姑娘，比我小一歲，叫見娜，長得漂亮，穿得也漂亮，走路蹦蹦跳跳，腳步如彈奏鋼琴的手指一模一樣；腳步聲和音樂一模樣。她總是叫我「連科哥」，上學放學都拉着我的手。我總愛替她背着書包讓她空着手。我以為，生活本就這麼陽光燦爛、春暖花開，連從天空落下的雨滴和冰粒，都如一對少年踮着腳尖奔跑在田野的腳步樣。然而，然而在一個假期前，我去深山區我的姑姑家裏住幾天，當我回來時，村頭的公路修通了，那座橋異常傲然地豎在村頭河面上。可那些修橋的人，總是拉着我的手叫我哥的那個小姑娘，他們全家突然不在了，隨着建築公司不知搬到哪兒了。

那個叫見娜的小姑娘，給我留下了她用過的鋁皮鉛筆盒，做為紀念她就消失了。永遠消失了。除了在我的回憶中她會出來和我見一面，之後就連我把她寫入小說做為文學的尋人啟示也沒真正見到她。

感傷如同歲月的雨季；歲月如同雨季中的傷感。我就這麼從少年走入了青年，在 20 周歲時離開了我的故鄉，當兵了。當兵之後我在新兵連的第一頓晚餐是吃包子。那一頓，我吃了 18 個如拳頭大的肉包子（還有一位我的同鄉戰友吃了 22 個）。第二天連隊吃餃子，我和全連的士兵，每人都平均吃了一斤多餃子。我親耳聽見新兵連長在電話上，向營長彙報我們這批來自窮鄉僻壤的新兵情況時，他罵我們全是豬。他對營長憤怒地說：「這些窮小子比豬都能吃！」他罵我們，可我們——是我，一點都不生氣。一點都沒像我們村有頭病的小伙對革委會主任那樣黑下臉。因為來到這座豫東的軍營裏，我第一次坐上了火車；第一次見了電視機；第一次在電視中看到打排球，知道中國女排在世界上贏得了三連冠。更重要的，是我第一次讀到了外國小說，是美國作家瑪格麗特・米切爾（Margaret Mitchell）的著名小說《飄》（*Gone with the Wind*）。直到這時候，我才知道中國是有翻譯小說的。此前我在鄉村看的全部是中國的「紅色經典」。我以為全世界的小說都和中國的小說一模一樣，故事中百分之七十、八十的革命加上百分子三十或二十的愛情，就是百分百的最好小說了。是《飄》讓我明白，有太多更好看、更偉大的小說和中國的革命故事不一樣。

他們之所以偉大，就是因為有太多太多的不一樣。

之後我以《飄》為橋樑，跨過閱讀的河水，去讀巴爾札克，托爾斯泰，杜斯妥也夫斯基，雨果，司湯達，福樓拜（Gustave Flaubert），契訶夫，歐亨利，傑克倫敦等。我讀所有十九世紀能找到的名著和十八世紀那些大家的書。當這些作品讀多時，當我也開始業餘寫作、並因此去回首往事，翻撿我過去的記憶時，我剛才說的那三件少年往事的意義，就因為文學、因為閱讀發生變化了。

原來，我以為我跑二十里路去吃一碗肥肉是因為饑餓才去的，後來，閱讀和文學，讓我明白那不僅僅是饑餓，還是一種理想。是因為渴望今後吃飽吃好的人生理想我才跑去的。

原來，我以為村裏有頭病的小伙子，沒有向革委會主任動粗打架，是因為害怕妥協的；後來，閱讀和文學讓我明白，那不僅僅是害怕，還有幾乎所有的人們對權力的敬重和恐懼。

原來，我以為我和那叫見娜的小姑娘的分手，是天真無邪、情竇初開的惆悵；後來，閱讀和我文學讓我明白，不僅是這樣，更重要的是我對某種來自都市的文明的嚮往和追求。

大約，這也就是我少年時的嚮往和理想：嚮往吃飽吃好，嚮往受人尊重，嚮往現代的都市文明。這三種嚮往集合在一起，就是一種理想：希望離開土地，到城裏去，

自我奮鬥，尋找自己人生需要的一切。這就是我首先要談的，關於理想。

其次，僅僅是 ——

人生總是有很多物質的、精神的，美好的、醜陋的，可以告人和不可以告人、可能實現和完全不着邊際、永無實現之可能的嚮往、理想和遠景之美夢（中國夢）。但具體到每個人身上，最具體、最實在、最普遍和最具代表性的理想就是名利和長壽。長壽我們不去談它，因為那是到了一定年齡和條件才會考慮的事。而名利，則是人一懂事、一踏入少年和青年（有可能是幼年）就開始夢寐以求的事。可以說，對於我們幾乎所有的芸芸俗人來講，理想的出口或歸結，就是前半生想名利，後半生想長壽。而名利更具體、更廣泛的歸結，在中國並不單單是名聲、名譽、鮮花、掌聲和隨之而來的源源不斷的金錢。更能體現名利並帶來金錢的是地位和權力。

權力標誌着地位，也更容易和可能帶來和創造金錢與地位。更直白地說，對許多人來講，名利就是當官。當了官就有了權力。有了權力就可能擁有名利所需的一切。這是中國千百年來的人生鐵律，是最為世俗、最被認同，也最被實踐證明的「真理」。是一種被無數生命實踐過的世

俗法則。而我自己，在當年年輕之時，也在這個生命怪圈內，快走和奔跑，也被這個最為世俗的鎖鏈牢牢地捆綁住我的精神和追求。是愛文學還是愛權力？這是我年輕時最大的搖擺和猶豫。因為你是熱愛文學，不斷寫作才被提幹的，才被權力任命為一個「文官」──軍隊的政工幹部的。所以，你感激文學，熱愛文學；而提幹、當官，由排長到連長，再到營級軍官的道路，也是一路燈綠，無阻無礙，彷彿在不久的未來，三年二年之後，升為團級幹部，也不是難事或渺茫。畢竟，在提幹後短短的幾年間，你已成為軍隊機關最好、最有效率的「筆桿子」，權力對你的欣賞，就像陽光和春風對一棵小樹的偏愛──那時，我在某個連隊做指導員，半年後，被評為，「師級優秀基層幹部」，後來調到一家部隊醫院做黨委秘書兼新聞幹事，又成為醫院黨委的「神筆」；再後來，調入我所在的軍機關的宣傳處，寫經驗材料和講話稿，雖然不是寫的最好的，但卻是寫得最快的，最可以應急趕稿的。那時候，我白天上班寫材料，晚上加班寫小說；白天是軍官，夜間是作家。整個人對未來的信心，如同打了雞血、吃了激素，吞下了人生奮鬥的興奮劑。

也就這時候，有件不大不小的事情發生了。

我們的軍長，去北京國防大學學習一年回到軍部後，第一天，他幹的第一樁事，就是在夕陽陪伴下，在軍營裏

轉來轉去，最後轉到了軍機關的家屬區。因為軍人、軍官也是人。是人就要過日子。家屬區幾乎家家都養雞養鴨子。有人家還會養幾隻大白鵝。幾乎家家門口都有雞窩或鴨窩。我家是養了四隻鴨，平均每天都收二到三個大鴨蛋。這一天的黃昏裏，軍長到家屬區裏看了看，眉頭皺了皺，扭頭和他身後參謀耳語幾句就走了。

一切安好，平靜如初。軍長幾乎什麼也沒說，什麼也沒做，就是和一個司令部的參謀耳語了幾句話，就如風和樹葉很自然地竊竊私語了一下就又刮走了。

然在第二天，軍營裏起床號一響，家屬區的各級軍官們——處長、副處長、參謀、幹事、助理員，大家起床出操時，發現各家的雞、鴨、鵝，全被毒藥毒死了。有的死在窩裏邊，有的死在窩外邊。我家的四隻鴨，全都死在窩外邊，其中一隻看見我，是用它的翅膀扒着地面，撲愣到我的面前最後死掉的，彷彿它死前「嘎嘎嘎！」的叫，是在喚着「主人啊——你要救救我！」

那年夏天的那個早晨，所有軍機關的軍官從家裏走出來，看着自家被毒死的家禽和狗貓等寵物，幾乎誰都沒說話。因為誰都知道，這是軍長親自指揮的一場戰爭之傑作。

那天早晨，司、政、後三大機關在出操時，沒有人多說一句話。都在沉默中等待和積聚。都在醞釀着一場到來的大暴發。

那天早晨，三大機關在出操時，不僅沒人說一句話，而且軍裝的整齊，動作的劃一，齊步走，正步走，跑步走，如同天安門廣場的方陣一模樣。軍長是那麼嚴肅地站在操場邊。大家是那麼沉重和沉默，而且是罕見的有力和目不斜視與心無旁騖着。

我一直以為那天早晨有事情要發生，有極度的沉默要暴發。我在出操的過程中，始終在雙手中都捏着一把汗。可在出操後，司、政、後的軍官都又集合到一起由軍長訓話時，軍長絲毫沒提起毒死各家雞鴨生命的事。軍長極度嚴肅地表揚了大家出操的整齊與有力。在軍長訓話的表揚後，隊列裏不知是誰帶頭鼓了掌。之後的意外發生了——這天早上軍官們對軍長訓話的表揚予以彙報的掌聲，比任何時候都整齊和有力，如同雷聲是按照軍長的命令，有節奏的暴發出來的；從空中轟轟隆隆墜落砸下的。

之後，這件事情過去了，和未曾發生一模樣。大家見了軍長依舊是老遠的立正、敬禮、微笑和向軍長討好地說些什麼話。

之後，這件事情在我心裏永遠無法忘卻、無法走過去，彷彿你想起這件事，就看到自己家那喂了二年的四隻鴨，在你面前掙扎着翅膀呼喚着：「救救我，救救我！」

之後，你看到自己的那些戰友、同事、處長、副處長，見到軍長和別的首長們，都會老遠微笑、立正和敬

禮，人人都想和首長們 —— 權力的掌管者 —— 多說幾句話。首長和誰多說了幾句話，給誰了幾句表揚和鼓勵，誰都會幾天心情大好，心花怒放，如同心想事成，美夢成真樣。從文學的角度去看這些事，實話說，我有些可憐他們。可我自己也那樣，因此我也可憐我自己！當然，一個人做什麼，不做什麼；放棄什麼，執妄什麼，大多不會是直接因為一件事情所導致，往往是因為許多事情的積累和養成。某一件事情的突然發生，只是他人生中諸多放棄和執着積累到一定時候的一根導火索。關於我年輕時對金錢、名利和權力的一味追求和放棄，是因為我生活中發生了許多事，比如我曾經和朋友偷偷做過倒賣麝香的生意，結果是生意沒做成，陰差陽錯，而我的那個朋友被公安局抓走，被打得遍體鱗傷，最後不得攜妻帶子，離開中國去了羅馬尼亞。凡此種種，你思前想後，最終就因為這次「家禽事件」，明白自己應該放棄對金錢、名利一味的執念，放棄對權力的追求，對當官的癡迷。當這些妄念都如病菌一樣從你的體內排毒剔除後，你的理想就只還剩下文學了。

你就從愛文學還是愛權力的搖擺中堅定下來了。

決定要把自己最大的熱情交給文學，而不是交給讓你敬畏和恐懼的權力了。

因此，到這兒，我的理想就如剝洋蔥樣就僅僅只還有文學了。

第三，我以為——

當我的理想，僅僅還有文學時，寫作成了你的唯一。閱讀成了你最有意味的日常。於是，你在接近三十歲時——三十而立，開始了拼命地寫作。那時候，我寫小說確實是「短篇不過夜，中篇不過周。」這個寫作速度，簡直就是一部小說文字的製造機。但到了1995年，有出版社給你出版你全部作品的文集時，你有機會回頭重新閱讀一下你寫過的全部作品時，你發現你寫了幾十個中篇，可這幾十個中篇，可能講的是一個故事；你塑造了上百個人物，可這些人物大同小異，幾乎也就是一個人物。

你驚呆了。你驚呆了你自己的重複。

你愕然了。你愕然自己的寫作，正在自己畫的文學圓圈中循環往復，以為是不停地前行，其實是在原地踏步。

你很鄭重地對自己的寫作總結說：「你幾乎全部的寫作，都是在生產文學的垃圾！」出版，是對紙張的浪費；閱讀，是對讀者時間的浪費。你開始去反省這些問題。開始去想「我以為」這三個字。你開始去思考「中國經典」的革命文學，和十九世紀的現實主義放在一起比較時，文學中最缺少的就是作家個人的「我以為」。那些小說的思想，是政治、革命和意識形態統一發放的思想，不是作家自己的思想。那些故事中的人物，是被政治「核准」的人

物，是統一了尺寸、身高、膚色、衣服和髮型的「統一人物」，而不是世界文學中說的「這一個」。這些小說中沒有作家的「我以為」。甚至連作家個人的影子都沒有。包括許多作家使用的最具個性的語言中，都沒有作家本人的「我以為」，更不要說故事、人物、命運、思想和怎樣寫的方法了。

而十九世紀的世界文學，那些偉大的作家和作品，仔細回想時，他們各有各的不一樣，各有各的「我以為」。但也總是還有那種讓人不滿足的感覺在其中。比如說，有一段時間，我總是覺得十九世紀的文學，偉大燦爛，可又似乎總是那麼老幾樣：人物、命運、故事和豐富複雜的內心世界及恢弘壯闊社會背景。當然，還有他們彼此截然不同的小說語言。比起二十世紀文學來，這讓我有些不滿足。因為二十世紀文學中，作家本人的「我以為」，已經統治、整合了十九世紀中的「我以為」。已經打破了人物、命運、內心、故事和時代背景所組成的作家的「我認為」。在二十世紀文學面前，完全是作家個人的「我以為」，而十九世紀的文學，是被讀者、作家、批評家三者共同建立的「我以為」。

為什麼把托爾斯泰和巴爾札克的寫作認定為十九世紀的兩座高峰（至少中國讀者是這樣認為的）？是因為他們在文學共識的「我以為」中，達到了最高的水準和統一。

但二十世紀文學不再這樣「以為」了。二十世紀文學要用作家個人的「我以為」，取代文學共識的「我以為」。各種文學流派的叢生和成長，都是作家要把他個人對寫作的「我以為」，從文學共識（集體）的「我以為」中解救和解放的過程，是一種打破和建立。

在卡夫卡的寫作中，是卡夫卡最個人的「我以為」拯救了卡夫卡，開啟了新的作家最本我的我以為。

卡繆的寫作，與其說是「存在主義」哲學的文學，倒不如說是卡繆文學的「我以為」，成就和建立了卡繆最獨特、本我的「我以為」。

伍爾夫（Virginia Woolf），貝克特，普魯斯特和福克納，還有以後美國文學上世紀黃金期中「黑色幽默」和「垮掉派」，再後來拉美文學中的博爾赫斯，馬奎斯、略薩和卡彭鐵爾（Alejo Carpentier）等，他們的偉大之處，都是在文學中最全面、最大限度的表現了作家本人的「我以為」。

整個二十世紀文學，幾乎就是作家本人「我以為」的展台和儲櫃。是一個「我以為」的百寶箱。

回頭來說華語世界最推崇的文學史家夏志清。一部《中國現代文學史》，奠定了他作為學者和文學史家不可動搖的地位。我們討論這部文學史時，總會說是他重新發現了張愛玲和沈從文，還有錢鍾書的《圍城》。似乎沒有夏志清，就不會有重見天日、再現光明的沈從文和張愛玲。

可別忘了夏先生還用極大的篇幅分析、推介了張天翼。其結果，為什麼張愛玲、沈從文今天會紅到幽谷日色，夜有光亮，而張天翼卻依然「默默」，不被讀者提及和閱讀？夏先生是對魯迅持很大保留態度和不以為然的，可魯迅也依然是生命熾熱，被閱讀和被研究。所以我們在尊敬夏先生的《中國現代文學史》時，固然源於他對張愛玲和沈從文的新發現，但就我個人言，我喜歡他的《中國現代文學史》，並不是因為他「滅」了誰或「揚」了誰。而是最終他這部文學史中的「我以為」。

沒有夏志清果敢、清晰的「我以為」，就沒有這部被我們華語世界推崇備至的文學史。沒有這部文學史中的「我以為」，也許就沒有我們大家幾乎人人尊敬的夏志清。

回到小說創作上來，文學史如此，今天、見後的小說創作，又怎能不是如此呢？一部小說中沒有作家最本性、最本我、最獨特的「我以為」，那小說其實就不再是小說，而是作家本人的墳墓和棺材。

第四，好小說 ——

好小說是沒有固定標準的。但一部小說成為「好小說」之後，它的經典意義卻是穩固不變的。如《荷馬史詩》、

《神曲》、《唐吉訶德》、《詩經》和唐詩宋詞這些文學作品的經典意義互古不變樣。

讀者對經典和好小說的理解，不是先有了讀者的理解，才有了作家的寫作；才有了這種與讀者的好小說條件相吻的寫作。好小說是在無先決條件之下作者創造出來的，是讓它和讀者在十字路口相遇後，熱烈擁抱才成為了好小說。閱讀與研究，是好小說成為好小說的開始。無論是閱讀催生了研究，還是研究引領了閱讀，但對作家言，這些都是無從知道的。你只有寫作。只有依着你對好小說的理解（我以為），才有可能寫出好的小說來。

中世紀的《神曲》，十六世紀的《唐吉訶德》，十七世紀的莎士比亞戲劇，十八世紀的《浮士德》，十九世紀太多的偉大作家和作品，都是在作家不知什麼是好小說、好作品中創造出來的。他們的偉大，都各有各的屬於那個時代的「好」，而且每一個屬於時代「好」的標準，又都在之後的時代變化和修正，但之後又不否定之前時代的偉大和經典。儘管托爾斯泰對莎士比亞有着冷眼和冷語，莎士比亞作品的經典卻絲毫不會受到損害和傷失。但到了二十世紀後，十八、十九世紀那種人物、故事、命運、內心加時代社會的寫作方法，未免有些簡單、老套了，於是間，二十世紀的作家，都在創立自己寫作的「我以為」，有了林立的主義、旗幟和小說法。

甚至說，在二十世紀的文學中，「小說法」的本身就是小說之本身。那麼二十一世紀好小說的標準還會發生變化嗎？是否會覺得二十世紀「主義」過多，也是一種主義的單調呢？

今天，作家本人的「我以為」，是會沿着二十世紀的慣性向前，還是會對二十世紀的「我以為」做出巨大的省悟和反判？回歸與向前，省悟與背判，解構與建立，這一些，對今天的作家都是模糊的謎題。毫無疑問，今天的作家，沒有人能知道二十一世紀好小說的標準是什麼，但卻可以知道，二十一世紀的好小說，決然不應該、也不會百分百的還是二十世紀與十九世紀或如同之前那樣的好小說。這時候，一個作家的「我以為，」顯得尤為重要和急迫，艱難和艱辛。因為我們是站在一個新世紀的開埠，是世紀和世紀的文學交接處。所以這裏說的「好小說」，也尤為難能和神秘。

在今天，有別於十九、二十世紀的新的「好小說」，沒有人能夠知道它是什麼樣。新世紀的「好小說」，像迷宮和燈光一樣引着大家的寫作和探求。正因這樣，寫作才有了意義。文學才有了不死之理。作家才有了不可懈怠的追求。而當下，無論作家、讀者和批評家，誰對好小說的判斷都是建立在過往寫作的基礎上，而作家要寫的好小說，雖然也建立在過往的基礎上，但卻立腳與意志，可能都是

未來的，困惑的，不知的。因此，他全部的努力，都要建立在「以為」上，都是為了今後寫作中的可能與不可能。也因此，對有的作家來說，他知道他今天就能寫出好的小說來，因為他以為他知道什麼是好小說。但對另外一些作家說，他永遠都在尋找和修正他的「我以為」，所以他一生都寫不出他以為的好小說。

第五，我的理想僅僅是 寫出我以為的一篇好小說——

於我而言，今年已經 55 歲了——這是一個令人傷感的年齡。以我自己對自己身體狀況的了解，以對我家族的生命遺傳來認識，以對我今天在寫作中時時出現的「力不從心」的程度講，我不能相信我到了七十歲還可以激情澎湃、行走如飛，坐下來就思路敏捷，可以源源不斷地講述和寫作。人生就是這樣，當你對什麼都不能明白時，你的身體是健康的；而當你明白或接近明白時，你的身體和生命已經日暮西山了。就是還可以老驥伏櫪，也不過是夕陽之紅。生命不是最美不過夕陽紅，而是最傷不過夕陽紅。誠實而言，我不能相信我過了六十歲、六十五歲，就是生命中沒有意外、還算健康，也還能和現在一樣，可以在《四書》中那樣堅強地去面對人的境遇和民族之苦難。

可以像《炸裂志》那樣激情、諷刺、幽默地去敘述故事和情節——這樣說不是說《四書》和《炸裂志》它們寫得好；而是說，我今後可能寫的愈來愈不好。歲月、年齡、命運，在不出意外時，大約還會給我留有五到十年最好的寫作期。而在這五至十年間，我到底能握筆寫出三本、兩本什麼小說呢？這是我最大疑慮，最大之不安，是命運中最大的未知。因為，到現在，你都還沒有在「我以為」中停下腳來，看見什麼，發現什麼，抓住什麼，仍然還是在「不知、懷疑和嘗試」中尋找和奔走。

我的寫作，就是在不知和懷疑中不停地尋找和行走。在這不知、懷疑和行走、嘗試中，我想起中國小說《三國演義》中諸葛亮，和他「六出祁山」裏運送糧草的木牛和流馬。《三國演義》中沒有描寫木牛流馬的設計和建造之過程。但在我的家鄉，在民間的土地上，卻有一個極其神秘的傳說。說中國的木匠之神魯班，最大的願望不是用木頭建造人類必須的房屋和傢俱，而是用木頭創造生命。魯班的手藝是那樣精湛和高強。蓋房子，做傢俱，是因為有了魯班才有了我們今天美好的屋舍和家園。我們今天所有與木頭相關的傢俱、用具、房舍和大型建築與建造，都是魯班的遺產。然而，魯班一生最大的願望，卻不是為了這些，而是要用木頭創造生命，製作出不用吃草就可以耕地的木牛，不用餵養就可以拉車的木馬——這是我們人類

要建造沒有動力就可永遠轉動的機器——永動機最早的夢想。魯班一生的努力，就是要用木頭製造木牛、木馬的生命。如此，他一年一年，十年二十年，終生努力，都是要在命運中找到並繪出製作真的、活的木牛、木馬的秘訣和設計圖。正因為他終生沒有找到這些，他又一生才都在尋找和勞作，所以在他年老之後，在他病入膏肓之後，躺在垂死的病床上，為一生對木牛木馬的鑽研、尋找、設計、失敗而感到兩手空空、死難瞑目時，神靈在他的昏迷之中，把設計、製作木牛流馬的圖紙送進了魯班的頭腦。

魯班是在他生命的最後，把木牛流馬的圖紙從他的頭腦中繪製出來而平靜、微笑着離開世界的。我家那塊土地上的傳說講，諸葛亮在戰爭中製作木牛流馬的圖紙，就是魯班的子孫在代代相傳後，又神明之手交給了諸葛亮，使諸葛亮製作了木牛和流馬，六出祁山，七擒孟獲，建立和鞏固了蜀國。但他的這些豐功偉業中，沒有木牛流馬的建造是不可思議的。而這木牛和流馬，卻是魯班創作、設計出的木牛流馬圖。

現在，回到這本書的最後。回到我已經 55 歲的寫作上來。在我有限、最好的寫作時期裏，我還沒有那個全新、完美的「我以為」，無異於我還沒有諸葛亮手裏那製作木牛流馬的圖。而魯班，他一生都在尋找和設計木牛流馬圖，可在生命的最後設計出來時，生命卻不允許他親手

把有生命、會呼吸的木牛流馬創造、製作出來，獻給他所喜愛的世界和人生。我們設身處地地想一想，魯班在他生命結束之前，他能不為沒有親手創造出木牛流馬感到遺憾嗎？他的遺憾，如山如海，我們活着的人，將永遠無法體會。而寫作，是一個個體的勞動。是無限放大「自我」的過程。從這個角度去說，也是個人價值最大的實現之過程。所以，我還希望在我最好的寫作時期裏，能讓我如魯班樣最後創造、設計出木牛木馬圖紙來，讓我找到那全新、完美的「我以為」，並且，還要像諸葛亮那樣製作、創造出一個、一架文學的木牛流馬來。

也因此，我才這樣說：我最大的理想，是在我的人生中僅僅寫出一篇或一部我以為的好小說。

僅此而已，僅此而已。

最後讓我用佛教中最流行的幾句歌詞，來作為這本書的結束語：

> 放下你所有的收穫，
> 收回你所有的期待。
> 記住愛你的親人，
> 感謝幫你的鄰居，
> 向你的朋友作揖，
> 跪謝養你的土地。
> 如此而已，如此而已。

一個村莊的中國與文學

一個村莊的地理

有一個村莊，那兒住着我的父親、母親、爺爺、奶奶，還有我的哥嫂和姐姐們，一如荒原的哪兒，生長着一片和其他野草毫無二致的草，也如沙漠的瀚海裏，有幾粒、一片和其他沙粒毫無二致的沙。我記事的時候，那兒是個大村莊，接近兩千人，現在那兒是個特大級的村莊，五千多口人。村莊的膨脹，不僅是人口的出生，還有移民的洶湧。如同全中國的人都想湧向北京和上海，全世界的人都想湧向美國和歐洲，而那個村莊四邊的村落、山丘間的人，都渴望湧向我家鄉的那個村。

因為，那個村莊幾十年前有條街是商業街，方圓幾十里的人，五日一趕集，都要到這條街上買買和賣賣。而現在，這條街成了一個鄉間最為繁華的商業大道了，如同北京的王府井，上海的南京路，香港的中環，紐約的百老匯。我們那兒的經濟、文化、政治與民間藝術，都要在這

條大道和我們村的這條街上醞釀、展開和實施。而今天，這個村在中國狂飆式的城鎮建設中，已經成為一個鎮——這個村，是鎮的首府所在地，相當於中國的首都在北京，日本的首都在東京，英國的首都在倫敦，法國的首都在巴黎。所以，那個村莊的繁華、膨脹和現代，也就不難理解了。

我曾經寫過、談到過，中國之所以叫中國，是在古代中國人以為中國是世界之中心——是世界的中心，因此才叫了中國的。而中國的河南省，原來不叫河南，而叫中原，那是因為中原是中國的中心才叫中原的。而我們縣，恰好正在河南的中心位置上。而我們村，又恰在我們縣的中心位置上。如此看來，我家鄉的這個村，也就是河南、中國，乃至於世界的中心了。這是上天賜予我的最大的禮物，如同上帝給了我一把開啟世界大門的鑰匙，使我堅信，我只要認識了這個村莊，我就認識了中國，乃至於認識了整個世界。

少年的時候，某一天夜裏，我意識到我們村就是中國的中心，而中國又是世界的中心時，我內心有種天真而實在的激動——因為我清晰、明確地感到，我是生活在世界最中心的那個坐標上。也因此，我想要找到這個村莊的最中心，如同想要找到世界上最大的那個圓的圓心點，也就借着月光，獨自在村莊走來走去，從傍晚走到深夜，一遍

一遍去核算村莊東西南北彼此的距離與遠近。而那時，我家住在那個村的最西端，可因為村落膨脹，有很多人家劃宅基地，蓋房都又在我家更西的村外蓋。如此一思想，一計算，原來我們村的中心就在我家院落裏，就在我家門口上。原來，我們村就是世界的最中心。而我家院落、門前又是村落的最中心，這不就等於我們家就是世界的最最中心嗎？我家不就是世界這個巨圓的圓心座標嗎？

意識到我們家、我家門前和鄰居以及只有我熟悉而外人完全不知的村落就是世界的中心時，我的內心激動而不安，興奮而悲涼。我激動，是因為我發現了世界的中心在那兒；我不安，是我隱隱的感覺到，生活在世界中心的人，他們冥冥之中會因為是中心而比全世界的人有更多的承擔、責任與經歷——可能會是一種苦難、黑暗和榮譽，如同火山焰漿的中心必然有更為熱烈的煮沸樣，大海最深處的中心，也最為冷寒和寂寞樣，而我家這個世界之中心，也必將有更為不凡的經歷和擔當。說到興奮，那是因為我那時太為年幼和無知，當我這個孩子發現了世界的中心在哪時，無法承受、也不敢相信世界的中心是我發現的。我擔心人們不僅不相信還會藐視、嘲諷我的發現與秘密。

說到悲涼，是因為除了我，全世界還沒人知道我們村就是世界之中心。我為我們村莊而悲哀，一如皇帝淪落民

間而無人知曉樣；我為世界上所有的地方和人種而悲哀，他們生活、工作、孕育、世襲了數千年，卻不知道他們生活的世界的中心在哪兒，就如他們每天從他們家的屋門、大門進進和出出，卻不知道他們家的大門、屋門是朝東還是朝西樣。

那一夜，少年的我，在夜深人靜、月光如水的天地間，站在空寂的家門口 —— 世界的最中心，望着滿天星斗、宇宙辰光，一如《小王子》中的小王子，站在他的星球上，望着星系的天宇般。為不知該怎樣向世界宣佈，並使世人相信我家的那個村莊就是世界的中心而苦惱、而孤獨，而有一種無法扼制的要保守秘密的悲苦與悲涼。

村莊裏的百姓日常

當我發現並認定，我家鄉那個村莊就是世界的中心後，有一串不一樣的事情發生了。我發現我們村莊的任何事情都充滿着日常的奇特和異常，連它周圍小村莊裏的事，都變得神奇、傳奇和神話。

比如說，善良與質樸，這本是中國所有鄉村共有的美德和品質，可在我們村，它就到了一種極致和經典。文化大革命時，饑餓和革命，是真正壓在人民頭上的兩座山。可這時，我們村去了一個逃荒要飯的年輕女人，她因為是

啞巴，也多少有點智障，因此，她到誰家要飯，大家都把最好吃的端給她。因為她是個討荒者，走過千村萬戶，哪裏的人最善良和質樸，她最可以體會和感受。當她發現我們村對她最好時，她就在我們村——我們那個生產隊——今天叫村民小組的打麥場上的屋裏住下了。這時候，我們村就把她視為同村人或者鄰居乃至親戚了，誰家有紅白喜事，都不忘給她留一晚肉菜、拿一個很大很大的白饅頭。到了下雪天，誰家改善生活，還會把好吃的端到村外，送到她住的麥場屋。

天冷有人給她送被子，天熱有人給她送布衫，還有人洗衣服時會順便把她的衣服洗一洗。不知道她怎樣感受我們村——這個世界中心的人們的質樸與善良——但是我覺得，我們村人的美德，可以成為全世界人的鏡子或教課書。她就這樣在這個村落住下來，一住好幾年，直到某一天，人們發現她懷孕了。人們不知那個男的是誰，有一群叔叔、伯伯和嬸嬸們，拿着棍棒、鐵鎬在村街上大喊大罵，要尋找和打死那個十惡不赦的姦夫。

當然，尋找姦夫的結局是失敗的。

可從此，村人對她就更加呵護了，完全像照顧自己家的孕婦一樣照顧她，送雞蛋，送白麵，快產時幫他找產婆，一直到她順利產下一個小姑娘，把這個她親生的骨肉

養到一歲多，有一天她突然不辭而別，半個村人都圍着那兩間空房子，感歎和唏噓，像自己的親人丟了樣。

這是個世界上最平凡而偉大的故事，是人類最質樸的情感和善良。唯一遺憾的，是我們村人忘記了她那時還年輕，她也需要愛、情感和男性。也許她的孩子，也正是情感和愛的結晶呢。我長大後常常很遺憾，那時的村人們，為什麼沒有想起給她介紹一個男人讓她在村裏徹底落戶，成為我們村人真正的一員呢？

善、美、愛，這是人類賴以存在的最大的根本，可這種高樓地基般的根本，在世界中心的那個村莊，比比皆是，遍地開花，普遍、普通到如家常便飯，每每回憶起來，我都會從夢中笑醒，彷彿我輕易就碰到了我人生中最中意、漂亮、賢淑、慧心的姑娘樣。

當然，那個村莊——那一片土地，它是世界的中心，它所發生的一切，都是不能、也不會和世界上其他地方的事情一樣的，一如來自一個星外的人，他的舉止與言行，決然不會和我們一模樣。

八十年代初，中國改革開放了，鄉村富裕了，在那塊土地上，最先富起來的人，想要擁有一輛小轎車，就去中國的上海買了一輛桑塔納，一天一夜從上海開到了我們家——要知道，那時縣長才有轎車坐，而這農民當時就有

了。他把轎車開回來，停在他家院落裏，全村人、鄰村人，都到他家參觀看熱鬧，宛若村人們那時第一次見到電視機——可在那一天，我們那兒下了一場雨。雨似乎有大了些，下了一天一夜後，這轎車的主人，第二天起床一看，他家門前的路被衝垮了，橋被雨水沖到了溝底去。

從此後，這輛桑塔納，就再也沒有離開過那個村落和院子，永遠停在了那家院落內，成了時代和生活長久不變的展品、紀念品。

時代總是發展的，一如河流總是日夜不息地流。在那片土地上——我們村邊上的另外一個村，不知為什麼就突然富裕起來了，成了省裏扶貧致富的典型。省長、省委書記還隔三差五去視察、關心和講話，因此銀行的貸款也就源源不斷地來。為了富上加富，為了讓天下人都知道這個社會主義新農村的好，這個村莊，自己出錢拍電視劇，還上了中央一套的黃金檔（順便說一下，我是編劇之一）。為了證明他們確實富，為我們縣和全省乃至全國爭了光，這個村貸款買了兩架小飛機——飛機的俗名叫做「小蜜蜂」，準備讓去村莊參觀的人都坐在飛機上繞着天空飛一圈，看看偉大的社會主義就是好。而那想坐飛機的老百姓，只要交上一百元，就可以實現一生坐過飛機、遨遊天空的中國夢——多麼美好的願景和理想，可那兩隻小蜜蜂，用汽車運到我們那兒後，組裝、試飛，一上天，有一

架飛機的翅膀斷下來，從此那兩架飛機就用帆布永遠遮蓋起來了。

那個村莊從此就又變得貧窮了。

現實生活中，總是有超現實的事情發生着。而最庸俗的日常中，總是有最為驚人的深刻與人性。村人們終歸是那世界中心的中心。人心和人性巨大的變化，才真正如山火岩漿最深處的沸騰。幾年前，我回到了那個村，回到了我們家，我有一個叔伯弟弟去看我，他非常悲傷地告訴我說，村人都在致富的道路上闊步向前了，而他的命運之路總是那麼不平坦，多災多難，有崖無路，有河無橋。他說他好不容易賺錢買了一個大卡車，跑運輸剛剛掙了一些錢，卻一不小心開車碰到一個騎自行車的人。這騎車的人是婦女，車後邊還有個五歲的小男孩。小男孩從自行車上掉下來，未及送到醫院就死了。我這個弟弟說，沒有誰比他更為倒霉和苦悶，因為在那片土地上，這些年發生這樣死人的事情時，一般是賠幾千元或者一萬元，事故也就了結了。畢竟出事故誰都不是故意的；畢竟都是那一片土地上的人，都善良，都理解。還有撞死了人不僅不賠錢，兩家反而成了親戚，成了好朋友。可是他撞到的這婦女，那個五歲的孩子——一個鮮活生命的母親，沒有那麼「善良」和「講理」，硬生生讓他賠了三萬元。

一個生命的消失，三萬元的私議賠償，我弟弟為此的感歎和傷悲，這讓我無言到幾年時間都不知道該怎樣來理解那兒的日常發生和變化。

我知道，那個世界的中心，已經不是昨日的那個中心了。它隨着中國的變化而變化，與時俱進，人心不古，人們為了錢、欲望而正在快速地丟失着美好的倫理、道德與理性。人們往日純樸的精神正在被快速地掏空和瓦解。而這樣的變化，卻又在牢固的堅守和鞏固着它——一個村落乃中國之中心，世界之中心的地位。因為，整個中國也和我們村一樣，都已經沒有精神生活，在被瘋狂的物欲、金錢所左右。似乎全世界也都是這樣子，物質高於一切，大於一切，等同於一切了。

更為重要的是，這樣的精神淪喪和流失，已經成為了那兒人們生活的新日常。成為了最日常中的日出和日落。成為了習俗、習慣和血液般的地域文化了。比如說，為了致富，那兒村落豐富的樹木都被偷盜砍光了。而為此，林業部門又培育了一種轉基因的新樹種——二年時間就可以長成材料的新楊樹。當原來數十種鄉村樹種都被這一種樹木取代時，如同世界上成千上萬種的動物都已不存在，只還有只需兩個月就可以長成出欄的轉基因的豬——這是多麼可怕的一種日常啊！

比如說，為了金錢和欲望，現在人們又喜歡偷盜了。為比如我們家，因為我是作家，人家以為我家裏有錢，有一年我們家的門被撬過四次。在那個村，被撬門偷盜的不是我一家，而是幾乎所有被認為富裕的家庭，門鎖大都被人撬開過——也許是中國的一種劫富濟貧吧。總之說，過去被人們最為不齒的偷盜，也多少成為了那兒的新日常。

日常的巨變，才是一種最深刻的變化，也才最有中國特色和中國中心、世界中心的代表性。

村莊裏的中國

如果一個村莊裏的吃喝拉撒、柴米油鹽、家長里短，還不能說它最為中國的話，那我們來看看這個村莊裏的大事情。什麼是國家之大事？無非是政治、權利、外交、戰爭等等吧。

先說政治和民主。

早些年，中國農村的基層幹部實行民主選舉了。老百姓可以投票選村長。有一年，這個中國的中心村落選村長，兩個競選者，一個挨家串戶去拜票，到哪一家都提着禮品問寒和問暖，許下許多願。另一個就索性早上在大街上包了兩家專做牛肉、羊肉湯的飯店——我們那兒的村人

早上愛吃牛羊肉，他就讓村人都到街上隨便吃、隨便喝，還隨便往家裏端。結果是，後者比前者更大方，花錢更多，他就當上村長了。情況和我在《炸裂志》中寫的一模一樣。現在，村裏的村支書也要村裏黨員選舉了。我哥哥是黨員，每到選舉的時候，他都嚇得不敢回家，因為想當村支書的都要找他、纏他，請他喝酒吃飯，希望他投一票。結果他只要到了每屆要投票選舉支書了，就要躲到外邊不回家，躲開這場民主的事。而有事不得不回家，就半夜偷偷溜回家裏去。

我哥對我說：「要民主幹啥呀，民主把我變成了一個賊，讓我人都不敢再見了。」

說說政治學習吧。

政治學習是中國的大事情，目的不僅是讓你有政治覺醒，更重要的是讓你和中央高度保持一致。不久前，我回了我們家，走在村街上，我們村長老遠跑過來，我以為他是迎接我，誰知他見了我，說了這樣一句話：

「回來了？回來回家吧——我得抓緊去學習總書記聯繫群眾路線的檔哪，要抓緊和中央保持一致呢，一天都不能和中央分開來。」

我愕然。

我想笑。

我也有一種深深的驚懼感。知道政治學習這件大事情，從文化大革命到現在，幾乎從來都沒放鬆過，哪怕是偏遠之鄉村，也還依然如故同文化革命樣。

　　第三，看看我們村莊的戰爭觀。戰爭是一個國家權力、政治與外交最極端的形式。從我們村莊對戰爭的大略認識，正可以體味許多國之大事、重事、要事之核心。

　　我們那個村，從我記事起，見過世面的人，最關心的國家大事就是戰爭了：一是關心什麼時候解放台灣；二是關心中國到底能不能打敗美國。我大伯、我叔叔，他們在活着的時候，也就幾年前，每年我回家提着補養品坐在他們的病床邊，他們都拉着我的手，讓我替他們分析國家大事和國際形勢。問我到底什麼時候解放台灣，能不能打敗美國。我當然告訴他們，很快就要解放台灣了，也一定能夠打敗美國。我解釋説，很快解放台灣而沒有去解放，是因為台灣人畢竟是同胞，真打過去得打死多少同胞啊，所以遲遲未解放，還是以為和平解放好。説對付美國也不難，中國有原子彈，打不過，逼急了，就發射幾枚原子彈，也就把美國問題解決了。

　　我伯伯、叔叔、村人們，他們都相信我的話。我這樣說完他們就對民族、國家更加充滿信心了，更加熱愛祖國了。

現在，我們那個村，全村人都關心釣魚島。都罵中國領導人膽小、笨蛋、腰不硬。他們說：「日本人算什麼，往他們日本放兩顆原子彈，不就一了百了，一清百清了。」

這就是我們村的政治觀、戰爭觀、權力觀和外交觀，這就是我們村的民主自由和人權觀。所以，把我們村莊的事情放大一點點，它就是整個中國的；把中國的事情縮小一點點，它就變成我們村莊的事情了。所以說，這個村莊就是最現實的中國；而最當下的中國，也就是最當下的我們的村落。

村莊裏的文學

這樣一個居於世界中心，又近乎等於中國的村莊裏，他有沒有文學存在呢？

有。當然有。不僅有，而且它的文學，無與倫比、經典偉大，藝術價值之高，堪為空前絕後。世界上最偉大的作家的作品，放到那個村，都顯得輕微、渺小，不值一提。世界上多麼現代、前沿、探索的作品，放到那個村，都顯得陳腐，舊敗、傳統和落伍。而世界上古老、經典如《荷馬史詩》、《一千零一夜》、《神曲》、《唐吉訶德》、莎士比亞戲劇等，這些偉大的傳統精華，放在這個村莊，卻不僅不顯得傳統和落後，反而會顯得現代和超前。

比如說，現代文學之父卡夫卡，讓二十世紀幾乎所有的作家都感歎和敬重。可在那個村莊裏，上千年前就傳說人生轉世、脫胎換骨，如果你應該變為豬、變為狗，但因為走錯了門，結果成了人；有一天你正睡着時，神還會把你從人變為豬，變為馬。這比格里高爾一夜醒來變為甲蟲早了一千年。

　　在那個村莊裏，我小的時候就知道有個村人有一雙「貓鷹眼」，白天什麼都看不清，可晚上什麼都能看得到。天色愈黑，他看得愈遠。所以誰家的秘密，男人女人的齷齪事，村裏的賊又偷村裏誰家什麼東西了，他心裏一清二楚，那雙眼宛若村裏黑暗秘密的探照燈，這神奇、這魔幻，比馬奎斯的神奇、魔幻不知真實了多少倍。

　　但丁（Dante Alighieri）的地獄、煉獄夠傳統經典吧，可我們村莊流傳的地獄篇、煉獄篇，比但丁的還早兩千年，比《神曲》中的描繪的情節、細節更為驚心動魄，更有教化意義。《唐吉訶德》中的風車大戰，形象生動，是西班牙最為形象的精神象徵。可在我們那個村莊裏，流傳着推磨人與磨盤戰鬥的故事——他要用他的力氣、韌性和毅力，推着石磨不停地走，不歇地轉，直到把石磨的牙子磨平，把石磨的石頭磨得消失，讓石磨和又粗又大的磨棍一起說話，喚着認輸才肯停下推磨走動的腳。

杜斯妥也夫斯基在《卡拉馬助夫兄弟們》(*The Brothers Karamazov*) 中，有一個神父佈道的情節，在那個情節中，耶穌本人就假扮成最普通的教民在那兒聽神父佈道，看信徒懺悔。我讀這本書時，到這兒有一種顫慄感。可後來，我看見我們村的人，他們最微不足道的宗教行為，都比這偉大的文學情節更為動人和震撼。我們村，有個七十幾歲的老奶奶，她不識字，從未去過教堂，也從未去過什麼神廟燒香或磕頭。她一生未婚無子，默默無聞，種地、拔草、養雞、種菜、掃院子、打秋果。她活着就如在世界上不曾存在樣；她一生最驚天動地的事，人們也不曾記住過。可是她，一生中無論是在中國絕對「無神論」時期的文化大革命，還是開始物欲橫流的改革開放時期，她每天一早一晚，只要起床、出門，都要站在她家上房屋的窗台前 —— 那窗台上永遠擺着用兩根筷子綁起來的十字架，她就在那筷子綁的十字架前默默的祈禱和「阿門」。

　　兩根筷子捆綁的十字架，幾十年從未間斷的每天的祈禱和祝福，一生未見過教堂是什麼樣的人 —— 這位老人，她的虔誠心、樸素心，遠比《卡拉馬助夫兄弟們》、《紅字》、《權力與榮耀》(*The Power and the Glory*) 等經典作品中有關信仰的情節、場景更為動人和震撼，我每每想起來，心裏都止不住地跳動和哆嗦。

一切偉大、豐富、悲痛和歡樂的文學故事和情節，凡我從書上看到的，仔細一回憶，那個村莊都有過、發生過，都比我小說中的描寫更為真實和震撼。只是我的愚笨，使我不能從那個村莊發現和感知。我太多的看到了那個村莊的街道、房舍、莊稼、四季和人的吃喝拉撒、生老病死。我被那個村莊日常的、中國化的物質、物理、生理的生活所淹沒，疏忽了那個村莊的超越物質、物理的精神和藝術。直到現在，我寫作三十餘年，才逐漸感悟到，原來我家鄉的那個村莊，本身就是一部世界上最為偉大的作品。是世界上自有文學以來，所有作品的成就加在一起，都無法超越的作品。

　　中國的偉大小說《紅樓夢》中的大觀園那建築、那奢靡，我們村莊是沒有，可《紅樓夢》中的人物我們村裏全都有。賈寶玉、林黛玉、薛寶釵、王熙鳳、劉姥姥，全都活在我們村莊裏。《山海經》的傳說和《西遊記》中的花果山，就是不在我們村莊，也與我們那兒那塊土地相聯繫。李白坐在我家門口的山上寫過好多詩。白居易和范仲淹，覺得我家那兒山水好，風水好，就埋在我家鄉那塊土地上。那兒實在是一塊文學天堂的百花園。天下文學人物與故事的大觀園。可是我，不僅沒有能力把它們寫出來，甚至沒有能力去發現、感知和想像。

我一切的無知，都源於對那個村莊和那片土地認識的不足，如同我們看到一切沙漠的乾旱，都在於我們內心沒有綠洲。而現在，當我意識到，我的村莊正是沙漠中的一片文學的綠洲時，我的年齡、我的生命和力不從心的命定的限度和煩惱，也正在限制着我穿越沙漠走進這片綠洲的腳步。但好在，我已經知道那個村莊之本身，正是一部最偉大的世界名著了；知道它是一片瀚海中的島嶼、沙漠間的草原，而我，也正跋涉在朝向那兒返回、行進的途道上。

村莊裏的讀者們

　　有文學，必然就有讀者。有藝術，必然就有欣賞者。這個村莊因為他們的日常和超日常，行為的個體性和群體性與國家性，日常所思和精神世界的靈魂性，不僅都是文學的，而且還是嚴肅文學和陽春白雪的純文學，決然不是外來者走馬觀花看到的大眾文學和俗文學。只有那些庸俗的作家和藝術家，才會從他們身上看到大眾、滑稽與無意義。中國偉大的作家魯迅，是從這樣的村莊看到和感悟最多、也最為深刻的。沈從文和蕭紅，也是對這樣的村莊最有感悟的。正因為如此，這個村莊的人，做為讀者時，也就懶得去看魯迅、沈從文和蕭紅了。你們說《阿 Q 正傳》好，他們覺得這有什麼好？我的鄰居不就和阿 Q 一模一樣

嘛。你們覺得祥林嫂是世界上最值得同情的人，他們覺得我家對門那大嫂，比祥林嫂更為祥林嫂，更為值得悲憫、幫助與同情。華老栓、孔乙己，在我們村莊，百年來就沒少過沒有絕斷過。小翠和那條澈清的河流是美的。那我們村頭的河流與洗衣槌布的姑娘就不美了嗎？《呼蘭河傳》裏的街道、水塘、花園和芸芸眾生有什麼值得去看呢？哪個村、哪戶人家不是世世代代、年年月月都是這樣嗎？

一切報怨農民或說那個村莊沒文化、不讀書的聲音都是錯的偏頗的。他們不是不讀書，而是不讀我們說的陽春白雪純文學。之所以不讀純文學，是因為他們的生活、日常、行為，無不都是純文學。他們為什麼愛看《三國演義》、《水滸傳》？因為這兩部小說和他們的生活、精神正相反，故事有很大的庸俗性和通俗性。為什麼愛看《西遊記》？因為《西遊記》中的情節、細節離他們十萬八千里，永遠不會發生在他們村莊裏。正如絕多的讀者喜歡閱讀他們陌生的或在陌生中似曾相識的，再或是閱讀一種熟悉的陌生 —— 如我們閱讀福克納、卡繆、海明威、羅布格里耶（Robbe Grillet）、卡爾維諾（Italo Calvino）、凱魯亞克等，還有昆德拉、羅斯、《米格爾大街》（*Miguel Street*）、《雪》、《亡軍的將領》（*The General of the Dead Army*）等，之所以要閱讀，是因為熟悉而陌生。在這個層面上，我們村的人，他們識字有文化，但他們不讀魯迅、沈從文和蕭

紅的書。因為他們太熟悉那些人物和情節了。他們讀古典武俠和金庸，是因為他們身邊和生活中完全沒有這樣的故事和情節。他們看《還珠格格》和宮廷電影與電視劇，是因為他們做夢都夢不出那樣的場景和情節，熟悉與陌生的閱讀效應，在這個村莊和他們身上起着決定作用了。

除此之外，最令人想不到的事情是，他們不讀魯迅、沈從文，卻很熱愛閱讀托爾斯泰和杜斯妥也夫斯基，喜歡雨果的《鐘樓駝俠》。八十年代中期，我當兵離開村莊幾年後，回去發現我們村莊有兩本偉大的小說：《安娜卡列尼娜》（Anna Karenina）和《鐘樓駝俠》。那兩本書在村莊中的年輕人手裏傳來傳去，被看得陳舊破爛，後來他們用牛皮紙把小說的封面完全包起來。他們看完這兩本書後感歎說：

「啊——原來外國人都是這樣活着啊！」

對於這個村莊的讀者言，真正直接寫了他們和他們靈魂的，他們是不屑去看的。從這個層面說，每一個偉大而擁有自己的一片土地和一個村莊的寫作者，想讓他的那個村莊和土地上的人，普遍閱讀他的小說都是枉然和不可能的事。美國南部「郵票之鄉」的鄉民沒有必要去看《聲音與憤怒》，他們寧可去讀《飄》和觀看西部牛仔片。加勒比海岸的人，也無須知道有個作家叫馬奎斯，無須知道有個

叫格雷厄姆‧格林的英國作家早就把他們寫入極為嚴肅的故事了。

中國的作家趙樹理，一生最大的失敗，就是他希望他家鄉那塊土地上的人都來讀他的小說——他要為他們而寫作。而趙樹理一生最大的成功，就是他沒有完成自己的夙願。那塊土地上的人，不願看趙樹理的小說，才是趙樹理的成功之處，一如魯鎮，今日紹興的百姓，只為魯迅驕傲，而不閱讀、理解魯迅樣。

被剖了靈魂的人，不會去看自己的靈魂血——這是文學最基本的規律。《延安文藝座談會上的講話》，最大的謬誤就在這兒，要文藝去寫工農兵，還要工農兵去閱讀寫了他們的書，最後的結局必然是煙雲的運動和聲息浪止的口號，真實發生和文學並無真正的關係。所以，土地上的村人不讀趙樹理，才是對趙樹理的獎賞和愛戴。那個村裏的人，那個村裏的讀者們，他們是世界上最好的讀者和真正文學的試金石——因為他們是最明白文學的本質與他們是何樣關係的人。

這個村莊與我的關係

在這個村莊裏，實在說，我是很有名的人，可謂家喻戶曉、人盡皆知吧。我有名不是因為我寫了什麼小說和散

文，而是因為他們都知道我是作家，能掙稿費，這稿費能讓我母親和生活在那個村莊的兩個姐姐過得較為體面吧。更為重要的，不僅是這些，還有因為我有了名，我們縣裏的縣長、書記和鎮上的鎮長和書記，他們都是大學生、碩士及博士，他們是非常明白的讀書人，覺得我給家鄉爭了光，我回家時會去我家看我或請我吃頓飯，並且在我家和我告別時，就當着我們村的眾人喚：

「連科，有什麼事要辦了說一聲！」

這樣我就在我們村成為了大名人，連縣長、鎮長都要去我們家看望的人。而就我們村，你寫過什麼作品，哪些好，哪些不太好，這對他們不重要。但這對我很重要。這就把我和這個村莊構成了這樣一種關係，我源源不斷地去那個村莊索取和「偷盜」，而那個村莊對此近乎一無所知，從來不知道。那兒是我寫作取之不盡的一眼泉，我從那井泉中挑走一擔水、十擔水、百擔水，對那眼泉水來說都相當無所謂，因為它常流不息、日夜流淌，你不挑走那些水，那泉水也會自然漫溢、流走而消失。

我成了那個村莊無窮無盡的索取者。

成了那塊土地不需要任何回報的兒子和後人。

那麼，那塊土地究竟要讓我做些什麼呢？父母把我生在那兒，養育在那兒，讓我少年時和他們一樣經受了太多的苦難、記憶和歡樂。直到現在，為了讓我寫作，它們還

日復一日地供給着我心靈、頭腦的養分和所需，供給着筆端所需要的一切情感、煩惱、痛苦、歡樂和憂愁。他們供給我所需的一切故事、情節、細節和牙牙學語的語言和感覺，乃至我在世界各地走來走去，連所謂演講、討論的題目和內容，都要從那個村莊去無償地領取和挑選。那麼，他們究竟要我為他們做些什麼、回報一些什麼呢？千百年來，他們有無數的苦難，家家人人，都歷經滄桑，可他們不需要有一個人替他們代言寫出來，因為他們認為，經歷苦難，是人生之必然，不經歷苦難，那怎麼還叫人生與活着呢？他們有無數有意義與無意義的歡樂，也不需要有人替他們描繪與表達。因為他們知道，那歡樂是苦難的回報，是他們戰勝苦難的必然，如桃李走春，到了秋天或多或少都會有果實樣。

如此，我不斷地寫作、寫作、再寫作，從這個村莊講述、講述、再講述，就真的是為了名、利和成為一個在中國乃至世界上都有些名聲的作家嗎？如果是這樣，那個村莊供給了我三十餘年的故事、情節與細節，它到底要我做些什麼呢？而且這些不一樣的故事、情節、細節、歷史與現實、生老與病死、時間與土地，一切的一切，都像只朝我一人敞開大門的文學庫藏樣，像只朝我一人敞開胸懷，供我奶汁的母親樣，甚至是經過很多年、很多年，很多思慮和波折——如藏傳佛教千年萬年，千里萬里，最終選定

那個轉世活佛樣，來選定我成為那個村莊和那片土地上的一個寫作者，讓我經歷、感受、感悟和思考，以我最個人的方式，去講述永遠也無法離開那村莊和那片土地的各種各樣的故事、人物和人們內心的喜悅與苦痛，他們——那個村莊和那一片土地，到底、到底是為了什麼，圖報什麼呢？

到現在，經過三十餘年的寫作，我才知道那村莊、土地、人們是為了什麼、圖報什麼了。他們其實什麼也不為，什麼也不圖報，僅僅是選定我來寫作後，用我的寫作來證明那個村莊、那片土地是中國和世界之中心這個道理與存在。

選定我以文學的名譽，來作他們是世界中心的證明人。

我全部的寫作，都是那個村莊是世界中心一種文學的證據、見證材料與資料。我寫得越好，這種見證就越有力；越有個人性和藝術性，這種見證就越有歷史性和永恆性。

如此而已吧——因為它們為這件事情歷盡苦難而選定了我，那麼，我也將用畢生精力寫作，來一再、一再證明這一點。